PAUL EUDEL

Envois d'Auteurs

ISSOUDUN
IMPRIMERIE TYP. ET LITH. LOUIS SERY

1898

AU LECTEUR

Ce volume n'aura pas d'éditeur. Imprimé à mes frais, tiré à petit nombre, il est réservé à mes amis pour leur bibliothèque ou leur table de salon.

Je n'ai point trahi ces amis, anciens et nouveaux, morts ou vivants, célèbres ou peu connus, en publiant leurs envois d'auteurs. Ils ne m'en voudront pas d'avoir ajouté, grâce à eux, une page à l'histoire de la littérature contemporaine. Et peut-être les curieux estimeront-ils que je leur ai rendu service en réunissant ici de petits « mémoires littéraires » qu'on chercherait vainement ailleurs.

Tout fier que je sois de certains hommages illustres, je ne tire aucune vanité de cette publication. L'ordre alphabétique m'a dispensé, au surplus, d'essayer de faire, avec mes fiches, un classement par ordre de mérite.

La répétition perpétuelle de mon nom eût été fastidieuse. Il m'a paru inutile aussi de reproduire les signatures, puisque le nom de l'auteur précédait le titre de l'ouvrage.

Puisse vous intéresser ce petit livre fait avec les livres des autres !

P. E.

ENVOIS D'AUTEURS

Victor Advielle. — Les Places d'Arras. — Librairie Le Chevalier. Paris. 1893. Brochure.

À mon savant confrère. Hommage de haute considération.

Ernest Ameline. — Fleurs Aimées. — Jouaust, imprimeur. Paris. 1878. In-12.

Hommage sincère.

Puisque vous avez eu le courage, même par un temps de pluie, de vous atteler à mes poésies de longue haleine, et que saint Médard nous promet 40 jours de mauvais temps, je me permets de vous offrir un recueil de pièces plus modestes, en attendant ce que j'ose appeler mon dernier péché, qui est en ce moment à l'impression.

L'abbé Arbelot. — Notice sur Gabriel Ruben. — René Haton, rue Bonaparte, 33, Paris. 1881. Brochure.

Hommage.

Mme Arthur Arnould. — La Céramique et les Emaux. — Allison et Cie, éditeurs. Paris. Brochure.

Témoignage sympathique.

Arthur Arnould, Philibert Audebrand, Eugène d'Auriac, Elie Berthet, Borel d'Hauterive, Henri de Bornier, Paul Eudel, Arsène Houssaye, André Theuriet, etc. — NOS CINQUANTE ANS. — E. Dentu, Editeur. Paris. 1888. In-12.

Exemplaire signé de : André Theuriet, Ferdinand Fabre, Emile Richebourg, Edouard Montagne, Félix Jahyer, Borel d'Hauterive, Arthur Arnould, Edmond Thiaudière, Charles Chincholle, Paul Eudel, Eugène d'Auriac, G. Noullens, Edouard Grimblot, Augustin Challamel, Henri de Bornier, Ed. Thierry, L. Collas, Philibert Audebrand, Jules Mary, Jules Claretie, Jules Simon.

Philibert Audebrand. — SOUVENIRS DE LA TRIBUNE DES JOURNALISTES (1848-1852). — E. Dentu, éditeur, Paris. 1867. In-12.

De tous mes livres le recueil de souvenirs sur la Révolution de 1848 est celui que j'aurai le plus vécu. Presque tous les hommes dont il est fait mention dans ces récits ont été ou mes amis, ou mes patrons, ou mes confrères. Je ne parle donc d'eux que *de visu* et avec la plus grande sincérité. Plusieurs historiens du jour m'ont fait l'honneur, du reste, de considérer cet ouvrage comme une pièce à mettre dans le dossier de 1848.

Philibert Audebrand. — LES FREDAINES DE JEAN DE CÉRILLY. — E. Dentu, éditeur. Paris. 1885. In-12.

Ce livre, écrit jadis à main courante, un peu à l'étourdie, mérite-t-il une notice ? Je ne le crois pas ; je n'en voulais point faire, mais vous insistez : il faut bien que je vous obéisse et que je fasse son histoire. Par bonheur, ce sera l'affaire de deux mots

Originairement, ce récit avait un autre titre que celui qu'il porte sous la forme de l'in-18 ; il se nommait : *Le Mariage de Jean de Cérilly.* Voilà pour un des côtés de la forme. Dans le fond, il avait pour objet de faire connaître les mœurs des rejetons de l'aristocratie moderne, de ceux que nous avons appelés tour à tour les petits crevés, les cols cassés et les gommeux. C'est pour ce motif qu'il a paru dans le feuilleton de la « République Française », où il a été patroné par mon ami Gambetta, s'il vous plaît ! Après la publication dans le journal vint celle qui devait avoir lieu chez l'Éditeur.

Edouard Dentu accueillit très favorablement l'ouvrage, mais en me demandant de faire subir au titre une légère modification. Et c'est pour cela que le livre est devenu : *Les Fredaines de Jean de Cérilly.*

Je me creuserais cent ans de suite la cervelle, que je ne trouverais rien de plus à vous dire touchant ce roman qui, hélas ! ne fera jamais oublier ni *Gil-Blas,* ni *Candide,* ni *le Père Goriot,* mais qui, après tout, n'est pas plus mauvais non plus que mille autres de ce temps.

Sur ce, tous mes compliments, et excusez les fautes de l'auteur.

Philibert Audebrand. — Nos Révolutionnaires. — L. Frinzine et Cie, éditeurs. Paris. 1886. In-8.

Souvenir sympathique.

De tous les livres que j'ai publiés jusqu'à ce jour, *Nos Révolutionnaires* est celui pour lequel j'ai le plus de prédilection. Originairement, cet ouvrage ne devait pas avoir d'autre titre que : *Pages d'Histoire Contemporaine.* L'Editeur, trouvant qu'il n'y avait pas là-dedans assez de panache, a demandé un autre titre : *Nos Révolutionnaires,* et j'ai eu la faiblesse de consentir à ce qu'il souhaitait. Je crois que ç'a été un tort. Le volume, du reste, avait paru par fragments dans des publications de bon ordre : les portraits de Godefroy Cavaignac et d'Armand Marrast dans la *Revue Nouvelle* de Mme E. Adam ; la *Dernière séance de la Chambre des pairs* dans la *Revue Générale ;* d'autres fragments dans la *Revue de Paris.* Trop cher pour aller aux petits, pas assez affiché pour aller aux riches, l'ouvrage, tiré à 1000 exemplaires, s'est cependant bien vendu et m'a valu force compliments de la part des esprits sérieux. Encore, à l'heure qu'il est, je persiste à penser que c'est la meilleure chose qui soit sortie de ma plume.

Philibert Audebrand. — Un Café de Journalistes sous Napoléon III. — E. Dentu, éditeur. Paris. 1888. In-12.

Celui qui se donnera la peine de tourner les feuillets de ce livre, ne manquera pas de dire que l'auteur a cherché à y raconter un peu de sa vie. En effet, à bien prendre les choses, ces pages sont des *Mémoires*. Sans doute, la description de la vie de café sous l'Empire y domine, mais j'ai dû, en même temps, y raconter quelques particularités biographiques qui touchent à l'histoire proprement dite.

Si j'en excepte deux chapitres qui ont paru dans des Revues, tout cet ouvrage était inédit avant de paraître en librairie.

Philibert Audebrand. — Alexandre Dumas a la Maison d'or. — Calmann Lévy, éditeur. Paris. 1888. In-12.

Deux mots seulement sur l'origine de ce livre :

Ayant été l'un des principaux rédacteurs du *Mousquetaire*, d'Alexandre Dumas, l'idée m'est venue d'écrire l'histoire de ce journal. La figure du grand romancier y est envisagée sous un aspect nouveau. Il était, d'ailleurs, intéressant de montrer quels éléments littéraires il avait su grouper autour de lui. Alexandre Dumas fils, après lecture, a été le premier à m'envoyer ses félicitations.

Duc d'Aumale. — Notice sur le manuscrit des Œuvres poétiques de Vatel. — Manuscrit.

Cette notice étant répétée en tête de mon exemplaire du Vatel, j'ai offert celle-ci à mon ami Monsieur Eudel.

Bon J. Pichon.

A. Badin. — AMOURS HONNÊTES. — Librairie illustrée. Paris. In-12.

Amours honnêtes ! Deux mots qui hurlent quelque peu de se voir accouplés, en littérature, du moins ! N'est-il pas professé, en effet, admis, consacré qu'on n'aime véritablement qu'en dehors des sentiers battus, que la passion est absolument incompatible avec un cœur simple et droit, et qu'enfin l'amour n'est plus le petit Dieu aveugle et malin qu'on nous a montré si longtemps, mais un animal malfaisant, brutal, odieusement cynique et névropathe jusqu'aux moëlles ! On le répète tous les jours sur les tons les plus criards et les plus gueulards : c'est devenu même une banalité courante. Pour être dans le train aujourd'hui, il faut être dans le train jaune, comme dit l'ami G. Toudouze.

La hardiesse était donc assez grande de montrer des hommes jeunes et sains et des femmes parfaitement séduisantes s'aimer avec toutes les ardeurs d'une passion criminelle sans cesser un instant d'être de braves cœurs et d'honnêtes gens ! L'aventure m'a tenté par ce qu'elle avait précisément d'original et d'audacieux. A vous de me dire si je n'ai pas réussi à parler d'amour au lecteur pendant trois cents pages, de façon à l'intéresser, sans lui montrer le moindre viol ou le plus léger adultère.

Ad. Badin. — JEAN CASTEYRAS. — J. Hetzel et Cie. Paris. In-12.

Cher ami, ne le dites pas, si vous vous en apercevez. C'est tout simplement une promenade historique, pittoresque, artistique et utilitaire à travers nos trois départements algériens que j'ai eu la prétention de faire faire au lecteur, en le forçant à avaler, déguisé sous une forme plus ou moins heureuse, tout un stock de renseignements utiles et pratiques sur l'état actuel et vrai de l'Algérie, sur ses bons et ses mauvais côtés, sur ses admirables ressources si mal connues encore, et sur l'avenir qui l'attend. Le diable, c'est que, mon livre étant destiné à paraître tout d'abord dans le *Magasin d'Education et de Récréation* d'Hetzel et mes héros étant de tout jeunes garçonnets, j'ai dû m'abstenir de parler d'amour, de femmes et de rien d'approchant.

Or, trois cents pages sur l'Algérie, sans toucher un mot des piquantes Mauresques d'Alger, aux yeux noirs cerclés de *koheul*, ni des belles Juives aux poitrines opulentes, ni des femmes des Ouled-Nayl et de leurs danses tout à fait inconvenantes, c'est voler le pauvre lecteur comme dans un bois. « C'est bien simple, me disait Hetzel, prenez à Jules Verne sa verve scientifico-romanesque, à Erckmann-Chatrian leur note patriotique, à feu Berquin son respect de l'innocence et de la morale, assaisonnez le tout d'une sauce nouvelle et personnelle; et servez le plus chaud possible » La recette était peut-être bonne, mais ce n'était point trop d'un maître-queux de premier ordre pour l'exécuter. J'ai fait de mon mieux. Que l'estomac de mes lecteurs me soit léger ! C'est toute la reconnaissance que je leur demande.

Adolphe Badin. — UN PARISIEN CHEZ LES RUSSES. — Calmann Lévy, éditeur. Paris. 1883. In-12.

Suivant moi, il y a deux façons de donner ou de chercher à donner l'impression qu'on a reçue en visitant un pays : La première, en racontant tout uniment, tout bonnement, ce que l'on a vu, au jour le jour, sans autre préoccupation que d'être sincère ; la seconde, en présentant sous forme de tableaux dramatisés les particularités de mœurs, d'habitude, de climat, et qu'on a pu saisir en passant. C'est pourquoi, après avoir publié « Saint-Pétersbourg et Moscou », j'ai donné le présent volume : « Un Parisien chez les Russes ».

A défaut d'autres mérites, ces deux ouvrages ont, du moins, celui d'une parfaite sincérité.

Adolphe Badin. — COULOIRS ET COULISSES. — Calmann Lévy, éditeur. Paris. 1884. In-12.

Un des fins lettrés de ce temps, M Emile Deschanel (qui lui aussi a écrit un volume sur le théâtre, la *Vie des Comédiens*), a publié jadis chez Hetzel deux petits in-32 intitulés : *Le Bien qu'on a dit de la Femme* et *Le Mal qu'on a dit de la Femme*.

J'aurais pu, à son exemple, donner au livre ci-joint le sous-titre significatif : *Le Bien et le Mal qu'on peut dire de la Femme de Théâtre ;* de cette femme deux fois femme, si faible et si forte en même temps, si légère et si *roublarde*, si abordable et si impénétrable tout ensemble, qu'on a le tort de trop aimer et le tort plus grand encore de mépriser trop; si naturellement perfide, mentant à tout le monde et se mentant à elle-même avec une impudence inconsciente, et avec tout cela, adorable, séduisante par ce qu'elle a de pire et dangereuse surtout par ce qu'elle a de meilleur : se donnant souvent un mal infini, déployant des trésors de rouerie pour tromper un honnête homme qui est en même temps un homme d'esprit, et se laissant fourrer dedans le plus simplement du monde par le premier imbécile venu ; toujours en scène, même à la ville ; et comprenant, jugeant, sentant toutes choses d'une façon absolument spéciale, ce qui explique bien des traîtrises et des défaillances qu'on lui reproche comme des crimes et qui ne sont que des malentendus.

Telle que la voilà, elle est encore une des individualités les plus attrayantes de notre monde parisien, et je ne dissimule point qu'elle m'a toujours attiré irrésistiblement quant à moi. Aussi, tout en ne la flattant guère dans le présent volume, ai-je plaidé du mieux que j'ai pu sa cause, avec la mienne, en la prenant surtout par les petits côtés, qui sont les plus vrais.

Jean Baffier. — LES MARGES D'UN CARNET D'OUVRIER. — Objections à Gustave Geffroy sur le Musée du soir et la force créatrice. — Baffier, rue Lebouis. Paris. 1895. Brochure.

Avec mes respects.

Carlo del Balzo. — PARIGI E I PARIGINI. — Fratelli Treves, editori. Milano. 1884. In-12.

Souvenir amical de l'auteur.

Germain Bapst. — LE MUSÉE RÉTROSPECTIF

DU MÉTAL. — A. Quantin, éditeur. Paris. 1881. In-8.

Souvenir affectueux.

Germain Bapst. — DEUX EVENTAILS DU MUSÉE DU LOUVRE. — Morgand et Fatout, éditeurs. Paris. 1882. Brochure.

Souvenir affectueux.

Germain Bapst. — L'ETAIN. — G. Masson, éditeur. Paris. 1884. In-8.

Sur la demande que vous m'avez fait transmettre par M. Bernico, je me hâte de vous adresser l'*Etain*, ainsi que quelques autres menus ouvrages.

Je ne vous l'ai pas envoyé parce que c'est un livre ennuyeux et que je ne voulais pas vous être désagréable. Aujourd'hui je n'ai plus qu'à solliciter votre indulgence et à vous prier, en même temps, d'agréer la nouvelle expression de mes sentiments les plus distingués et dévoués.

Germain Bapst. — ETUDE SUR L'ORFÈVRERIE FRANÇAISE AU XVIIIe SIÈCLE. — *Les Germain, orfèvres sculpteurs du Roy.* — J. Rouam, éditeur. Paris. 1887. In-8.

Je m'empresse de vous envoyer mon livre qui vient de paraître ces jours derniers...

A vous de cœur et tous mes remerciements.

Auguste Barrau. — VIERGE IL L'A LAISSÉE. — Bibliothèque de la « Plume », Paris. 1894. In-12.

Son presque concitoyen.

George Bastard. — SANGLANTS COMBATS. — Paul Ollendorff, éditeur. Paris. 1887. In-12.

Je vous envoie « Sanglants combats » pour que vous l'emportiez en voyage.

J'y ajouterai à votre retour la petite notice que vous désirez, n'ayant pas le temps de bien la formuler en ce moment.

George Bastard. — CHARGES HÉROÏQUES. — Albert Savine, éditeur. Paris. 1892. In-12.

Amical souvenir.

Edmond Bazire. — MANET. — A. Quantin, Paris. 1884. In-8.

Ce livre, paraît-il, avait besoin d'une excuse. Quelques journalistes, bibliographes ou critiques, pris de tendresse pour ma personne, eurent la bonté de plaider les circonstances atténuantes. Aimer *Olympia !* Aimer le *Repos !* Aimer le *Bar* ou *Chez Lathuile !* ce serait impardonnable ou insensé, si celui qui s'abandonne à un pareil goût n'avait commencé par aimer le créateur de ces abominations. L'auteur, a-t-on dit, était l'intime ami de Manet. En écrivant ce volume, il a obéi plus à son cœur qu'à ses yeux, plus à son affection qu'à son criterium.

Eh bien ! je vais à la fois rétablir la vérité et désoler mes avocats d'office : je ne connus pas Manet. Je le rencontrai deux fois dans ma vie, à dix ans d'intervalle, en 1869 et en 1879. C'est un de mes très vifs regrets de ne l'avoir pas davantage approché. Dans ma course aux renseignements, j'ai su combien il était bon, et fin, et spirituel. Je l'ai raconté. Seulement on me l'avait raconté avant. Qui ça ? Tout le monde.

Non, je n'eus pas le bonheur d'être l'ami du peintre. Je ne fus que l'ami de sa peinture. Devant tant de toiles vraies, lumineuses, courageuses, mon admiration ne résista pas. On voit, par conséquent, que je ne mérite aucune indulgence et que je suis le plus dangereux et le plus endurci des criminels.

Fernand Beissier. — LE GALOUBET. — Nouvelle librairie parisienne. Paris. 1887. In-12.

« ..... Je vous adresse, Monsieur, un exemplaire de mon dernier livre : *Le Galoubet.* Acceptez-le comme un simple souvenir.

Ernest Benjamin. — LE MONTREUR DE MARIONNETTES. — Alphonse Lemerre, éditeur. Paris. 1893. Brochure.

Dans cette dédicace j'ai mis toute ma gratitude.

Henri Beraldi. — LES GRAVEURS DU XIXe SIÈCLE. — Librairie L. Conquet. Paris. 1885. In-8.

Offert à Monsieur P. Eudel.

Béraldi. — BIBLIOTHÈQUE D'UN BIBLIOPHILE. — Imprimerie L. Danel. Lille. 1885. In-12.

Son tout dévoué.

Dr Edgard Bérillon. — HYPNOTISME ET SUGGESTION. — Société d'éditions scientifiques. Paris. 1891. Brochure.

Envoi de l'auteur.

Jean Berleux (MAURICE QUENTIN BAUCHARD). — LA CARICATURE POLITIQUE EN FRANCE. — Librairie Labitte, Em. Paul et Cie. Paris. 1890. In-8.

Avec les meilleurs souvenirs de l'auteur.

Elie Berthet. — HISTOIRE DES UNS ET DES AUTRES. — E. Dentu, éditeur. Paris. 1878. In-12.

Hommage amical.

Théophile Bilbaut. — L'ART CÉRAMIQUE AU COIN DU FEU. — Société d'éditions scientifiques. Paris. 1892. In-12.

Humble mais dévoué hommage de l'auteur.

Vous êtes un des plus forts en matière d'art, le maître pour en parler ou en écrire.

Ignoré et débutant, sans appui ni publicité, je n'aurais aucune chance que mon livre, « mon ours » grimpât jusqu'à vous.

Je l'y aide donc en le portant moi-même, et je vous prie d'excuser mon indiscrétion ; ne voyez, dans mon hommage modeste et convaincu, qu'un témoignage de déférence et d'admiration pour votre talent à la fois étincelant et profond.

Paul Bilhaud. — GENS QUI RIENT. — Barbré, éditeur. Paris. 1881. In-12.

Hommage bien sympathique.

Permettez-moi de vous offrir un exemplaire de *Gens qui rient*; vous avez toujours été si aimable pour moi que c'est avec le plus vif plaisir que je vous envoie mon volume, sachant d'avance qu'il sera lu avec l'indulgence si bienveillante que vous témoignez à son auteur en toute circonstance.

Agréez, cher Monsieur, avec tous mes remerciements encore, l'assurance de mes meilleurs sentiments.

Paul Bilhaud. — LE VOLEUR VOLÉ. — Paul Ollendorff, éditeur. Paris. 1884. Brochure.

La mère en permettra la lecture à..... son fils..... (Peut-être).

Edmond Biré. — VICTOR HUGO AVANT 1830. — Jules Gervais. Paris. Emile Grimaud. Nantes. Editeurs. 1883. In-12.

Hommage de l'un des éditeurs.

Emile Blandel (et autres). — LES EGLANTINES. — Léon Vanier, éditeur. Paris. 1891. Brochure.

Respectueux hommage. — Pro me et amicis.

Arthur Bloche. — LA VENTE DES DIAMANTS

DE LA COURONNE. — Imprimerie Quantin. Paris. 1888. In-8.

A mon cher confrère, je demande beaucoup d'indulgence pour l'auteur.

Spire Blondel. — L'ART INTIME ET LE GOUT EN FRANCE. — Edouard Rouveyre, éditeur. Paris. 1885. In-4° sur japon.

Deux idées dominantes ont présidé à l'élaboration de ce livre. La première, suggérée par l'éditeur, développée ensuite par moi, puis étudiée en commun sous toutes ses faces jusqu'à complète satisfaction de part et d'autre, a eu pour résultat la publication, dans la mesure de nos forces et de nos moyens, d'un ouvrage de vulgarisation devenu nécessaire aujourd'hui.

La seconde idée m'appartient en propre. C'est elle qui me fait espérer qu'un jour — l'ambition ne connaît pas de bornes — une plume autorisée et bienveillante comme la vôtre voudra bien dire de l'*Art Intime* ce que Jules Claretie a dit de votre *Hôtel Drouot en 1881* : « Voici un livre d'un caractère « fort original, d'un charme tout particulier et qui intéressera « profondément les curieux, les amateurs d'art, les collec- « tionneurs, sans compter les observateurs et les moralistes, « c'est-à-dire, et pour dire vrai, tout le monde ».

Mais parler ainsi serait me faire aller tout droit vous retrouver à Corinthe... et j'habite modestement aux Batignolles ! Il y a loin, comme vous voyez.

Quelques mots de vous, cependant, pourraient me permettre de tenter l'entreprise et vous abrègeriez du même coup l'extrême longueur du voyage.

Roland Bonaparte (Prince). — LA LAPONIE ET LA CORSE. — Journal géographique *Le Globe*. Tome XXVIII. 1889. Librairie Burkhardt. Genève.

Souvenir amical.

Roland Bonaparte (Prince). — UNE EXCUR-

SION EN CORSE. — Imprimé pour l'auteur. Paris. 1891. In-8.

De la part de l'auteur.

Paul Bonhomme. — PORTE-VEINE, dit par Galipaux. — L. Michaud, éditeur. Paris. 1885. Brochure.

PAUL BONHOMME vit encore et PORTE-VEINE va toujours.

Edmond Bonnaffé. — DICTIONNAIRE DES AMATEURS FRANÇAIS AU XVIIe SIÈCLE. — A. Quantin, éditeur. Paris. 1884. In-8.

Je viens de publier chez Quantin le *Dictionnaire des Amateurs Français au XVIIe siècle*, grosse pioche commencée il y a douze ans. Je vous en fais adresser un exemplaire chez vous...

Edmond Bonnaffé. — LES FAÏENCES DE SAINT-PORCHAIRE. — Extrait de la *Gazette des Beaux-Arts* du 1er avril 1888.

A bon entendeur, salut.

Edmond Bonnaffé. — LE MUSÉE SPITZER. — Imprimerie de l'Art. Paris. 1898. In-8.

A mon confrère et ami, affectueux souvenir.

Amédée de Bonne (Capitaine Phètre). — LA REINE DU BOSPHORE. — Boulanger, éditeur. Paris. 1889. Brochure.

..... Je n'ai donc, mon cher Monsieur, qu'à vous remercier, car c'est à votre bonne obligeance que je dois ce succès qui est aussi complet que possible dans son genre. Je n'ai que le regret de voir que tout n'ait pas encore paru.

Espérons, comme vous me l'avez fait entrevoir, que c'est un prélude, et que vous pourrez me trouver un éditeur.....

Borel d'Hauterive. — ANNUAIRE DE LA NOBLESSE DE FRANCE. — E. Dentu, libraire. Paris. 1883. In-12.

Souvenir de son tout dévoué.

Henri de Bornier. — DANTE ET BÉATRIX. — Michel Lévy frères, éditeurs. Paris. 1853. Brochure.

A mon excellent confrère et ami. Cette œuvre de jeunesse.

Henri de Bornier. — LA FILLE DE ROLAND. — E. Dentu, éditeur. Paris. 1875. In-8.

LA CHANSON DE BERTHE

Ils vont partir pour les guerres lointaines,
Les Chevaliers chercheurs des grands périls,
Et le roi dit, fier de ses capitaines :
Combien sont-ils ?

Au loin, au loin, pour la douce patrie
Ils ont trouvé le jour des grands périls,
Et l'ennemi, déjà tremblant, s'écrie :
Combien sont-ils ?

Voyez là-bas, sous les rouges bannières,
Les Chevaliers sauvés des grands périls :
— Combien sont-ils ? se demandent les mères,
Combien sont-ils ?

Vte Henri de Bornier. — POÉSIES COMPLÈTES. — E. Dentu, éditeur. Paris. 1881. In-12.

En vain je changerais de pose :
Ce serait toujours même chose,
Car mon visage est de travers
Comme ma prose,
Comme mes vers.

Emile Boucher. — SOUS-PRÉFET, dit par

Félix Galipaux. — L. Michaud, éditeur. Paris. 1882. Brochure.

Aujourd'hui, qui est-ce qui n'a pas été plus ou moins sous-préfet ?

Emile Boucher et Félix Galipaux. — MONOLOGUES ET RÉCITS. — Paul Ollendorff, éditeur. Paris. 1883. In-12.

Brune ou Blonde, monologue dédié à M. Paul Eudel.

Gustave Bourcard. — LES ESTAMPES DU XVIIIe SIÈCLE. — E. Dentu, éditeur. Paris. 1885. In-8..

Puisse ce méchant volume que vous avez bien voulu honorer d'une brillante préface, vous rappeler quelquefois le compatriote qui vous renouvelle ici ses remerciements les plus affectueux et les plus reconnaissants !

Gustave Bourcard. — L'AFFICHE ILLUSTRÉE. — Galerie Préaubert. Nantes. 1889. Brochure.

A vous qui avez guidé mes premiers pas et m'avez aidé de vos conseils. Votre reconnaissant.

Gustave Bourcard. — DESSINS, GOUACHES, ESTAMPES ET TABLEAUX DU XVIIIe SIÈCLE. — Damascène Morgand, libraire. Paris. 1893. In-8.

Un reconnaissant qui vous remercie bien affectueusement de tout ce que vous avez fait pour lui.

A. Bourgault. — L'ATELIER DE PRAGUE, opéra comique en un acte. — Paris. Gambogi frères.

A mon unique compatriote. Souvenir de l'auteur.

Bourgault-Ducoudray. — DANSES GREC-

QUES. — Henry Lemoine, éditeur. Paris. In-4°.

A mon vieux camarade. Souvenir d'amitié.

L.-A. Bourgault-Ducoudray. — TRENTE MÉLODIES POPULAIRES DE GRÈCE ET D'ORIENT. — Henry Lemoine, éditeur. Paris. 1883. In-4°.

Permettez-moi de vous offrir un exemplaire de mes publications orientales.

C'est un *petit* témoignage de ma reconnaissance pour l'obligeance si cordiale et si dévouée que vous m'avez montrée ces derniers temps.....

Bourgault-Ducoudray. — LA CONJURATION DES FLEURS. — Partition. Chant et piano. — Heugel et fils, éditeurs. Paris. 1883. In-4°.

Ma *Conjuration des Fleurs* va paraître dans quelques jours. Pour faciliter l'opération du recouvrement des souscriptions et de la distribution des exemplaires, je viens vous prier de vouloir bien remplir le bulletin ci-joint et me le renvoyer.....

Armand Bourgeois. — CAUSERIE HUMORISTIQUE SUR LES EVENTAILS. — Imprimerie Martin Frères. Châlons-sur-Marne. 1886. Brochure.

Les voilà enfin parus, ces *Eventails*, et je me fais un plaisir de vous offrir deux exemplaires spéciaux qui, je l'espère, réjouiront votre âme de bibliophile... .

A mon bien aimable maître et préfacier.

Armand Bourgeois. — PROMENADE D'UN TOURISTE DANS L'ARRONDISSEMENT D'EPERNAY. — Imprimerie Martin Frères, Châlons-sur-Marne. 1886. In-12.

A mon cher confrère, ami de notre Champagne, bien cordial hommage.

Armand Bourgeois. — REIMS ARTISTE. — Martin frères, éditeurs. Châlons-sur-Marne. 1890. Brochure.

A l'un des meilleurs amis de la Champagne, à son sympathique confrère.

Armand Bourgeois. — LE SALON DE CAZOTTE. — Imprimerie Martin Frères, Châlons-sur-Marne. 1890.

A mon très sympathique confrère.

Armand Bourgeois. — A JEANNE D'ARC. — Imprimerie Martin Frères. Châlons-sur-Marne. 1891. Brochure.

Cordialement offert à mon confrère tout aimable.

Armand Bourgeois. — LES VENDANGES ET LA COMÉDIE DE SALON A PIERRY, EN 1787. — Matot-Braine, éditeur. Reims. 1893. Brochure.

A mon si excellent et si bienveillant confrère. Cordial hommage.

Armand Bourgeois. — FLANERIE ARTISTIQUE. — Bibliothèque des Modernes. Paris. 1894. Brochure.

A mon honoré confrère et ami, à mon très sympathique confrère. Cordial hommage.

Armand Bourgeois. — LES FRÈRES VARIN. — Martin frères, éditeurs. Chalons-sur-Marne. 1894. Brochure.

A mon bien sympathique et bien honoré confrère.

Armand Bourgeois. — DEUX SALONS PARISIENS. — Bibliothèque d'art de la *Critique*. Paris. 1897. Brochure.

A mon distingué et sympathique confrère. Cordial hommage.

E. Boutin. — RUINÉS PAR L'ÉGLISE. — HISTOIRE D'UNE FAMILLE NANTAISE. — Imprimerie du Commerce. Nantes. 1884. Brochure.

Je me fais un plaisir de te donner les quelques lettres de Mme la Vicomtesse Jurien que tu as manifesté le désir de joindre à tes collections.

Je suis heureux de te témoigner ainsi ma reconnaissance pour *toute la peine* que tu as prise en me facilitant la *publication de mes maudits rapports avec le clergé.*

Alphonse Bouvret. — UN FRANC-PICARD A PARIS. — G. Melet, éditeur. Paris. 1894. In-12.

A mon excellent maître et compatriote, je suis heureux d'offrir ces pages un peu écrites à la diable, pour lesquelles l'auteur réclame toute indulgence.

Raymond Bouyer. — LE PAYSAGE DANS L'ART. — L'Artiste. Revue de Paris. 1894. Brochure.

Sympathique et respectueux hommage d'un amoureux de l'art.

A. de Bremond d'Ars Migré (Marquis). — DISCOURS A LA SOCIÉTÉ ARCHÉOLOGIQUE DE NANTES. — Imprimerie Vincent Forest et Grimaud. Nantes. 1887. Brochure.

Offert à M. Paul Eudel, membre de la Société Archéologique de Nantes, ancien président de la Commission d'Art ancien, par son dévoué confrère.

Aristide Bruant. — DANS LA RUE. — Aristide Bruant, éditeur. Paris. In-12.

Pour mon ami.

Léon Brunschvicg. — SOUVENIRS D'UN VIEUX NANTAIS. — Imprimerie du Commerce. Nantes. 1888. In-12.

Hommage affectueux du vieux Nantais.

Ph. Burty. — LA POTERIE ET LA PORCELAINE AU JAPON. — A. Quantin Paris. Album in-4°.

Japoniste en herbe.

Philippe Burty. — LES EMAUX CLOISONNÉS. — Chez Martz, joaillier, rue de la Paix, 2. Paris. Brochure. In-12.

(Recherché en Angleterre)..
C'est la première plaquette qu'on ait ornée avec des fac-similes de dessins japonais. Ce fut votre ami Régamey qui s'en chargea. Le chromo est de son père.

Philippe Burty. — F.-D. FROMENT-MEURICE. — D. Jouaust, imprimeur. Paris. 1883. In 4°.

..... Pour le Froment-Meurice de M. Burty, j'espère qu'il paraîtra intéressant à un amateur délicat ; je me fais un plaisir de vous en offrir un exemplaire qui se trouvera on ne peut mieux placé dans votre bibliothèque.. ..

Busseuil. — THÈSE POUR LA LICENCE EN DROIT. — N. Bernard, imprimeur. Poitiers. 1860. Brochure.

Souvenir affectueux.

Edouard Cadol. — LES INUTILES. — Lacroix, Verboeckhoven et Cie, éditeurs. Paris. 1868. In-12.

Par ce temps d'esthétique « nouvelle » (?) je devrais peut-être rougir d'avoir fait une pièce telle que celle-ci ; car — je le confesse ingénument — ce n'est pas du tout une chose à lire d'une main.

Mais (les « nouveaux » en témoignent plus qu'ils ne pensent) on ne fait, en somme, que ce que l'on sait faire. Et puisqu'aussi bien je n'ai pas le « talent » d'écrire « pour messieurs » seulement, je m'en tiens à ma guitare. Si elle ne donne plus que de l'eau a boire, du moins, c'est de l'eau claire.

Edouard Cadol. — JACQUES CERNOL, comédie en 3 actes. — A. Lacroix, Verboeckhoven et Cie. Paris. 1870. In-12.

Cette petite pièce est faite sur une idée que je crois juste : « On n'a pas le droit de détruire l'illusion de bonheur d'un honnête homme, au nom d'un « honneur » plus ou moins conventionnel et arbitraire.

Il paraît qu'ici, la démonstration est excessive. La critique, du moins, a déclaré qu'il était blessant de voir cet homme rester ignorant de son fait.

A-t-elle eu tort ou raison ? Après dix-huit ans, je me le demande pour la première fois, bien que je ne m'en soucie pas plus aujourd'hui qu'alors.

Ce que je sais bien, par exemple, c'est que j'ai eu plaisir à écrire ces trois actes et que je les récrirais à peu près tels, s'il y avait lieu, pour la bonne raison que ça me referait plaisir, ce qui est, en somme, et le plus souvent que je puis, ma raison déterminante.

Pour y avoir réfléchi de bonne foi, il me semble que la critique est sans utilité, à notre usage. Eut-elle qualité pour émettre des observations sur la valeur de nos productions, à quoi servent-elles, à l'heure où elle les produit ?

Si elle n'a pour unique objet de renseigner l'abonné sur le genre et la nature des ouvrages représentés, je ne lui vois pas de but pratique. Et le cours des choses confirme cette opinion, puisque le critique n'est plus rien qu'un reporter.

Quant à nous faire la leçon, de qui la critique tiendrait-elle son mandat ? — J'ai dit ailleurs : « C'est la profession de qui est incapable d'en exercer une autre » — et la nôtre en premier lieu. Sarcey, Fouquier, Vitu, en témoignent surabondamment. Aussi, ne faut-il jamais se piquer, ni surtout s'affliger de ce qu'ils disent.

Théodore Cahu. — THEO-CRITT A SAUMUR. — E. Dentu, éditeur. Paris. 1889. In-8.

Reportez-vous à l'époque joyeuse où vos vingt ans sonnaient chaque matin le carillon de la gaîté et chaque soir le signal des amours. Imaginez les folies créées par l'insouciante jeunesse mêlant sans fatigue les plaisirs au travail. Ajoutez à cette vision d'un passé que nos cheveux blancs éloignent déjà beaucoup le mirage de l'épaulette, le prestige de l'uniforme, la moustache qui se relève, le sabre tiré hors du fourreau pour le seul plaisir de le voir briller, vous aurez ainsi un exemplaire autrement unique et charmant que celui-ci, car vous le ferez avec l'esprit que je n'ai pas et la gaîté qui me fuit quand elle vous reste.

Théodore Cahu. — DES BATIGNOLLES AU BOSPHORE. — E. Dentu, éditeur. Paris. 1890. In-12.

A mon ami !-Hommage ! Au voleur ! (A cause des nombreux emprunts que Cahu m'avait faits). Je lui répondis :

Grâce à vous, je viens de retourner à Constantinople, après dix-huit ans d'absence ! mon cher Cahu.

Je vois que rien n'est changé en Orient. Si vos descriptions rappellent parfois les miennes, c'est que vous avez vu les mêmes choses et ressenti les mêmes impressions. Il en sera longtemps ainsi.

Paul EUDEL.

Catalogue *des Livres rares et curieux composant la Bibliothèque de* M. SAINTE-BEUVE. 1re Partie. — Potier, libraire. Paris. 1870. In-8.

Initiales autographes de Paul Chéron, de la Bibliothèque Nationale.

Les prix ont été pris par lui.

Catalogue *de l'Exposition des Beaux-Arts de Nantes. Archéologie et Peinture ancienne.* — Imprimerie Jules Grinsard. Nantes. 1872. In-8.

Offert par Fortuné Parenteau, conservateur du Musée archéologique de Nantes.

Catalogue *des Livres rares composant la bibliothèque de feu* M. LE COMTE ROGER. — Ch. Porquet, libraire. Paris. 1884. In-12.

Hommage de son bien dévoué et reconnaissant.

Catalogue DIAMANTS DE LA COURONNE, *Perles et Pierreries.* — Imprimerie Nationale. Paris. 1887. In-4°.

A mon cher Confrère, souvenir très affectueux.

Arthur BLOCHE.

Paul de Cazeneuve. — DU CONTROLE DES OUVRAGES D'OR ET D'ARGENT — Imprimerie S. Léon, Alger. 1895. Brochure.

Hommage respectueux de l'auteur.

Augustin Challamel. -- LES REVENANTS DE LA PLACE DE GRÈVE. — Alphonse Lemerre, éditeur. 1879.

Hommage d'un ancien.

Augustin Challamel. — SOUVENIRS D'UN HUGOLATRE. — Jules Lévy, éditeur. Paris. 1885. In-12.

Ce volume où j'ai trop parlé de moi, mais à propos duquel j'ai une excuse : *Quorum pars parva fui*. Au temps de ma jeunesse, les luttes romantiques faisaient tapage comme les luttes politiques d'aujourd'hui, et chacun de nous se laissait aller à l'enthousiasme d'école. Nous avons eu un maître sublime : Victor Hugo.

Champfleury. — MONSIEUR DE BOISDHYVER. — E. Dentu, éditeur, Paris. In-12.

A mon cher Confrère.

Champfleury. — CHIEN-CAILLOU. — E. Dentu, éditeur, Paris. In-12.

A mon cher Confrère.

Champfleury. — HISTOIRE DE LA CARICATURE. — E. Dentu, éditeur, Paris. In-12.

A mon cher Confrère.

Champfleury. — HISTOIRE DES FAÏENCES PATRIOTIQUES SOUS LA RÉVOLUTION. — E. Dentu, éditeur, Paris. 1867. In-12.

A mon cher Confrère.

Champfleury. — L'HÔTEL DES COMMISSAIRES-PRISEURS. — E. Dentu, éditeur, Paris. 1867. In-12.

A mon cher Confrère.

Champfleury. — HISTOIRE DE L'IMAGERIE POPULAIRE. — E. Dentu, éditeur. Paris. 1869. In-12.

A mon cher Confrère.

Champfleury. — LES CHATS. — J. Rothschild, éditeur. Paris. 1869. In-12.

Lettre de J. Michelet à Champfleury

Illustre Chat !

Seriez-vous assez aimable pour venir dîner avec Madame le jeudi 18 mars, 6 heures et demie. Nous vous servirions un repas fort délicat de souris.

Répondez-moi oui le plus tôt possible.

Je vous serre la main.

Champfleury. — LES BOURGEOIS DE MOLINCHART. — E. Dentu, éditeur. Paris. 1880. In-12.

Si j'avais quelque vanité,
par cent mille exemplaires excité,
je dirais que ces Molinchart
sont le prototype de l'art.

Champfleury. — BIBLIOGRAPHIE CÉRAMIQUE. — A. Quantin, éditeur, Paris. 1881. In-8.

A mon cher Confrère.

Champfleury. — LE BARON CHARLES DAVILLIER ET SES COLLECTIONS CÉRAMIQUES. — J. Rouam, éditeur, Paris. 1884. Brochure in-4°.

A mon cher Confrère.

Victor Champier. — L'ANNÉE ARTISTIQUE 1881-82. — A. Quantin, éditeur, Paris. 1882. In-8.

Cordial hommage d'un émule.

Victor Champier. — LES ANCIENS ALMANACHS ILLUSTRÉS. — L. Frinzine et Cie, éditeurs, Paris. 1886. Album.

Je vous fais envoyer un exemplaire de mes *Anciens Almanachs*. L'Editeur s'est fait beaucoup tirer l'oreille, car il a déjà donné deux exemplaires au *Temps*. Mais je tenais à ce que vous ayez dans votre bibliothèque un ouvrage pour lequel votre affection m'a été si utile.

Etienne Charavay. — A. DE VIGNY ET CHARLES BAUDELAIRE CANDIDATS A L'ACADÉMIE FRANÇAISE. — Charavay frères, éditeurs, Paris. 1879. In-12.

Hommage reconnaissant.

Jacques Charavay. -- LES GÉNÉRAUX MORTS POUR LA PATRIE. — Société de l'*Histoire de la Révolution Française*, Paris. 1893. In-8.

Hommage.

Mme. Blanche Charpentier. — POÉSIES A MES ENFANTS. — Alcan-Lévy, Paris. 1884. In-12.

A l'érudit collectionneur, à vous, de tout cœur, cette œuvre de belle-maman. BERTELIER.

Ch.-L. Chassin. — RÉCIT AUTHENTIQUE DE LA DÉFENSE DE NANTES. — Imprimerie Schwob et Fils, Nantes. 1893. Brochure.

Je te fais envoyer, par ce courrier, mon *Récit authentique*, imprimé sans luxe, aux frais de notre ville natale.

Chasteney. — NOUVELLES ESPAGNOLES DE BECQUER. Manuscrit.

Envoi du traducteur.

L'Album du hat-Noir. — En vente au *Chat-Noir*, Paris. Publié sous la direction de Rodolphe Salis et Henri Rivière.

Au seigneur de notre paroisse de Laval, son très indigne mais reconnaissant voysin.

Chat-Noir Guide. — Bureaux du *Chat-Noir*, Paris. Brochure.

Ami du *Chat-Noir* et maistre ès-beaux arts de jadis et d'aujourd'hui, ce *Chat-Noir* est offert par son féal Salis.

Chauvet et L. Brunschvicq. — Le Rêve de Graslin. — Schwob et Fils, imprimeurs, Nantes. 1888. Brochure.

Souvenir de sympathique confraternité.

Exposition Jules Chéret. — Préface de Roger Marx. — Galeries du Théâtre d'Application, Paris. 1889-90. Brochure.

Son ami et dévoué confrère.

Charles Chincholle. — Les Survivants de la Commune. — L. Boulanger, éditeur, Paris. 1885. In-12.

A mon collaborateur et ami, son tout reconnaissant.

Charles Chincholle. — Le Vieux Général. — E. Dentu, éditeur, Paris. 1886. In-12.

A mon très aimable confrère, avec tous mes hommages pour Madame et mes meilleures amitiés pour lui.

Ch. Chincholle. — La grande Prêtresse. — Librairie Mondaine, rue de Verneuil, Paris. 1887. In-12.

A mon ami, déjà propriétaire du manuscrit primitif, avec ma meilleure poignée de main.

Charles Chincholle. — Les Pensées de Tout le Monde. — Epreuves.

A mon ami, ces épreuves de la réédition de mon premier succès, dont un autre ami va faire la brochure qui sera peut-être *matériellement* LA PLUS BELLE DU SIÈCLE.

Le présent envoi, dans l'intention de faire attendre patiemment au très flatteur collectionneur de mes manuscrits celui que je dois lui livrer sur cet excellent papier vert, et qui n'est pas encore terminé, avec ma meilleure poignée de main.

Charles Chincholle. — PAULA. — Librairie Mondaine, Paris. Joseph Ducher, éditeur. 1889. In-12.

Vous avez, mon cher, le brouillon du *Crime du Garçon Coiffeur*. Le voici encore, tel qu'il est devenu à l'une de ses étapes. Si le public se doutait du mal qu'on se donne pour... ne pas toujours arriver à lui plaire.

Charles Chincholle. — PAULA. — Librairie Mondaine. Paris. 1889. In-12.

Tous les hommages et toutes les sympathies respectueuses de son très dévoué.

Charles Chincholle. — FEMMES ET ROIS. — C. Marpon et E. Flammarion. Paris. In-12.

A l'excursionniste, pêcheuse de crevettes et femme du meilleur homme du monde, avec tous mes hommages sympathiques et mes meilleurs compliments.

Albert Cim. — LES AMOURS D'UN PROVINCIAL. — Jules Lévy, éditeur. Paris. 1887. In-12.

C'est moi surtout que j'ai peint dans ces *Amours d'un Provincial*, mon cher confrère et ami, moi, et — sous les traits de la servante Marianne — ma chère vieille grand'mère qui m'a élevé ; et tous mes anciens amis de ma ville natale (Bar-le-Duc), et ceux de Paris aussi, car Julien Levaudois n'est autre que Jules Levallois, l'ancien secrétaire de Sainte-Beuve et le critique de l'*Opinion Nationale*.

Albert Cim. — INSTITUTION DE DEMOISELLES. — Albert Savine, éditeur. Paris. 1888. In-12.

Les « Institutions » semblables à celle que j'ai décrite ici abondent dans Paris et autour de Paris. Je n'ai rien inventé, j'ai plutôt atténué, comme le constatait Hugues le Roux dans un de ses articles. Les héroïnes de mon livre je les ai toutes connues ; j'ai connu particulièrement Mademoiselle de Wambières, fille d'un sénateur et haut dignitaire de l'armée française, cette malheureuse Fernande de Wambières, dont les hasards de la vie m'ont révélé les secrets et la déchéance. Vous la nommer ? non. Les faits sont scrupuleusement exacts, et ils m'appartiennent ; mais, par probité et par pitié, laissons aux personnages leurs masques.

Albert Cim. — BAS-BLEUS. — Albert Savine, éditeur. Paris. 1891. In-12.

Combattre la marée montante et débordante des doctoresses et « authoresses » n'empêche pas d'avoir le respect et le culte du véritable « éternel féminin », au contraire !

N'y aurait-il pas autant de ridicule, en France surtout, de se proclamer l'ennemi des femmes, que l'ami des bas-bleus ?

Charles Clairville. — ELOQUENCE ! monologue en vers libres, dit par M. Galipaux. — Paris, Barbré, éditeur, 1880.

Quelle ELOQUENCE ! il a dû déployer, pour faire ce monologue en vers libres !

L'heureux interprète.

Charles Clairville. — L'HOMME NAVRÉ, dit par Galipaux. — Tresse, éditeur. Paris. 1882. Brochure.

L'*Homme navré* est le directeur sans public, l'artiste sans rôle, le peintre sans commande, le gendre avec.... mais ce n'est assurément pas le Monsieur qui entend ce charmant monologue.

Clairville, Ch. Clairville et E. Depré. — LE CHEVALIER MIGNON. — Tresse, éditeur. Paris. 1884. Brochure in-12.

Que diriez-vous, mon cher Eudel, d'un directeur qui, après avoir eu un grand succès, jouerait une seconde pièce des mêmes auteurs ? Que c'est invraisemblable !

Cela est vrai pourtant : le *Chevalier Mignon* est la suite directe de *Madame Boniface*. Nous dûmes dégager de ses brumes un scénario antique de feu Clairville, scénario veuf de troisième acte, mais en revanche plein d'une douce obscurité. Montbazon était déjà Grisier : une petite fille d'un an assistait parfois aux répétitions, bercée amoureusement dans les bras de la jeune mère !... La *Mascotte* était déjà loin.

Ce soir-là, nous créâmes une étoile, pour une fois .. savez-vous ! Marguerite Deval qui, depuis, n'occupa plus jamais au firmament sa place dans le « chariot ». Elle l'a remplacé par « l'omnibus ».

Jules Claretie. — LE DRAPEAU. — Calmann Lévy, éditeur, Paris. 1886. In-12, sur japon.

Son affectionné.

Je visitais Berlin. Je voyais, dans un arsenal, de vieux drapeaux pris à La Rothière, des drapeaux français, usés, poudreux, superbes. Et ma main fiévreusement avançait vers cette soie déchiquetée ; j'avais une sorte de tentation magnétique. Reprendre ces étendards ! Arracher ces trophées et les rapatrier ! Voilà qui est d'un voyageur plus sentimental encore que Sterne. De cet hypnotisme patriotique est né le présent récit qui, sous le titre de *Fougerel et Malapeyre*, fit partie d'un recueil de nouvelles : *Les Belles Folies*. La plus belle est la folie du patriotisme.

Jules Claretie. — LA CANNE DE M. MICHELET. — Librairie L. Conquet, Paris. 1886. In-8, sur japon.

L'histoire de ce livre, mon cher Eudel, est tout du long racontée dans le premier chapitre. C'est la canne à la main — la canne de Michelet entre les doigts — que j'ai vécu si je puis dire la plupart de ces pages, allant et venant, ça et là, arrachant comme le vieux *Mortality* de Walter Scott

Old Mortality quelques poignées d'herbe dévorant à demi déjà les noms de certaines tombes. J'aimais Michelet autant que je l'admirais. J'ai voulu mettre ces pages nées d'un sentiment patriotique sous le patronage du grand historien, du grand poète de la patrie. Et c'est ainsi qu'est né ce volume où j'écris de tout cœur votre nom, le nom d'un lettré de race et d'un ami de cœur.

Jules Claretie. — LA CIGARETTE. — E. Dentu, éditeur, Paris. 1890. In-12.

5 octobre 1890.

Une autre fois, mon cher Eudel, vous n'aurez pas à m'envoyer un volume à signer, c'est moi qui vous offrirai, sur un papier plus digne de vous, mon prochain roman. Mais, puisque celui-ci est à vous et qu'il vous plaît d'y voir mon nom à la première page, je vous obéis. Ces nouvelles sont la récréation de mes étés à Viroflay, quand je prends les très rares, trop rares congés que me laisse la comédie et, en les écrivant, j'ai eu la douce illusion de me croire encore libre, au bon temps de ma vie d'écrivain où ma devise était *Liber Libro.*

H. Clouzot. — L'INTERMÉDIAIRE DE L'OUEST. — L. Clouzot, éditeur, Niort. 1892. Brochure.

Mon cher Monsieur,

Je vous envoie un numéro spécimen d'une Revue que je viens de créer. Si vous voulez bien y jeter un coup d'œil, vous verrez que j'ai apporté tous mes soins à en faire un recueil sérieux et intéressant....

Louis Courajod et Molinier. — DONATION DU BARON CHARLES DAVILLIER. — Catalogue. — Imprimeries réunies, Paris. 1885. In-8.

Hommage de l'auteur.

Charles Cousin. — CATALOGUE DE LIVRES ET

Manuscrits provenant du grenier de Charles Cousin. — Imprimerie L. Danel, Lille. 1891. In-4°.

A mon très cher confrère de la Société des Bibliophiles Contemporains.

Affectueux témoignage du vieux collectionneur.

Je me venge de vos gracieusetés anciennes et récentes en vous jetant à la tête un gros in-4° que vous feuilleterez, j'espère, pour ses images.

Cordialement à vous.

Lucien Cressonnois et Félix Galipaux. — La Poire en deux. — Paul Ollendorff, éditeur. Paris. 1882. In-18.

Au géant, un pygmée.

Lucien Cressonnois et Ch. Samson. — Divorcés. — Paul Ollendorff, éditeur. Paris. 1883. Brochure.

Oui, j'irai déjeuner chez vous, dimanche, à midi. Croyez-moi toujours, cher Monsieur, votre ami.

Pardon pour cette horrible versification.

Fernand Crésy. — Les Fauves. — Alph. Lemerre, éditeur. Paris. 1880. In-12.

Affectueux hommage.

Alfred Darcel. — La Collection Basilewski. — Bureaux de la gazette des Beaux-Arts. Paris. 1885. In-8.

Hommage reconnaissant.

Daniel Darc. — Sagesse de poche. — Paul Ollendorff, éditeur. Paris. 1885. In-18.

Hommage et sympathie.

Je vous adresse là-bas, là-bas, sur la crête des vagues, mon tout petit dernier (*Sagesse de Poche*) en vous priant de lui être indulgent comme de coutume.....

Daniel Darc. — VOYAGE AUTOUR DU BONHEUR. — Marpon et Flammarion, éditeurs Paris. In-12.

A mon érudit et spirituel confrère et à sa gracieuse femme, amicalement offert.

Henry Daressy. — STATUTS ET RÉGLEMENTS FAITS PAR LES MAÎTRES EN FAITS D'ARMES DE PARIS, 1864. — Vasseur, libraire. Paris. 1867. Brochure.

Hommage de son serviteur.

Alphonse Daudet. — SAPHO. — G. Charpentier, éditeur. Paris. 1884. In-12 sur Japon.

Voici ce que je vous avais promis et que je suis heureux de vous offrir — une page de manuscrit de *Sapho* (page 31 du manuscrit).

De cœur à vous et merci encore pour votre curieux livre du truquage.

Jacques Daurelle. — PSYCHÉ. — Léon Vanier, éditeur. Paris. 1894.

Hommage.

Lucien Decombe. — CHANSONS POPULAIRES D'ILLE-ET-VILAINE. — Hthe Caillière, éditeur. Paris. 1884. In-12.

Hommage confraternel.

Henri Demesse. — LES RÉCITS DU PÈRE LALOUETTE. — Paul Ollendorff, éditeur. Paris. 1882. In-8.

Hommage de son confrère et collègue au Comité de la Société des Gens de Lettres.

Les menues fantaisies qui composent ce volume si richement habillé datent de quinze ans pour la plupart ; les autres ont été écrites de bric et de brac, au hasard des loisirs que me laissait le journalisme à mes débuts, en 1876. En ce temps-là, on était ingambe et on aurait pris d'assaut l'obélisque, avec des éperons aux bottes et une cravache à la main, si seulement on avait osé vous en défier ! En quinze jours on visitait un grand atelier de peinture ; une loge d'artiste à l'opéra ou à Ba-ta-clan ; on interviewait l'homme du jour : Paulus ou Bidel ; Thiers ou le cardinal Lavigerie ; on allait voir guillotiner ; on passait de l'Elysée St-Honoré à la Morgue, et on rendait compte d'un sermon du R. P. Monsabré ou d'une conférence de la vierge rouge : Louise Michel... Besogne enragée ! Bonne besogne en somme : entraînement nécessaire grâce auquel on amasse des « documents » plus tard utilisables par le romancier ; travail d'assouplissement intellectuel pareil à celui qu'on fait subir corporellement aux jeunes gymnastes. D'aucuns s'y cassent les reins : les autres en sortent avec un bon outil aux mains. Tout cela pour m'excuser de ce que ces nouvelles, écrites par un débutant ou par un « reporter », tout occupé d'autre chose, ne valent pas le diable. Ce sont de simples essais.

La nouvelle intitulée « La tête de mort », date de 1873, j'avais alors dix-neuf ans. Elle a paru dans le *Journal Illustré* que dirigeait à cette époque l'ami Desbeaux, actuellement secrétaire général de l'Odéon. C'est au bas de cette nouvelle que j'ai vu pour la première fois mon nom imprimé dans une feuille publique ; ce jour-là, le maréchal de Mac-Mahon qui régnait alors sur la France n'était pas mon cousin. « La Chambre mystérieuse » est mon premier feuilleton que l'aimable Gab avait accueilli pour la *Liberté*. Le « Neveu de son oncle » fut publié dans le *Nain Jaune*. — Nota : le directeur, qui a disparu de la circulation, a oublié de me payer — il avait probablement jaugé la chose à sa valeur, je n'ai rien à réclamer : « Effet de printemps » a paru dans un journal étrange « Le Menu illustré » feuille qui eut quatre numéros et dont j'étais le rédacteur en chef. — Je devais avoir environ vingt-deux ans — je dois ajouter que j'étais, en même temps que rédacteur en chef, chroniqueur, échotier, nouvelliste à la main, critique dramatique et artistique, administrateur. — Je faisais même les bandes : cependant je ne portais pas le journal, — on a de la dignité !

J'ai écrit « Bouquins et Bouquinistes pour l'ouvrage : *Les chefs-d'œuvre d'art au Luxembourg* » publié par l'éditeur Baschet pour qui j'ai fait aussi un grand nombre de biographies dans la *Galerie contemporaine*. Le pauvre Daniel Vierge, le grand artiste que la paralysie a frappé en plein talent a fait pour illustrer cette fantaisie une superbe page que je recommande à vous, au critique d'art, si l'ouvrage : *Les chefs-d'œuvre d'art au Luxembourg*, vous tombe sous la main.

Vous ne savez peut-être pas que Vierge ne travaillait qu'à ses heures ; on avait toutes les peines du monde pour obtenir de lui le dessin commandé. Je voulais mordicus qu'il fît mon dessin ; je pris une résolution énergique : je m'installai chez lui, un jour, dès neuf heures du matin, et je n'en sortis qu'à sept heures du soir : le lendemain, à neuf heures, j'étais à l'atelier — ce jour-là encore je demeurai jusqu'à sept heures ; de même encore le surlendemain ! j'emportai enfin la planche. Quelles bonnes après-midi, dans cet atelier, où passaient tous les artistes du quartier ! Quand la nuit tombait, le domestique apportait des lampes ; Vierge le renvoyait. Nous restions dans l'obscurité — il décrochait une guitare..... il avait forcément une guitare en sa qualité d'Espagnol — et il chantait des airs de son pays, des chansons exquises, d'une harmonie pénétrante. Tous les assistants, perdus dans un nuage de fumée où l'on voyait resplendir le point rouge des cigarettes, reprenaient avec lui les refrains en sourdine. Par l'imagination on se trouvait en pleine Estramadure. Il ne manquait à cette musique faite de cris et de modulations tour à tour, que le son des grelots que les muletiers attachent au collier de leurs bêtes et qui tintinabulent en cadence dans la montagne, accompagnant le chant des voyageurs.

Voilà, mon cher Eudel, puisque cela vous intéresse, l'histoire de ces broutilles littéraires qui valent surtout parce qu'elles ont fait produire à nos premiers dessinateurs — des maîtres qu'on n'apprécie pas à leur valeur, trop préoccupé qu'on est du moindre brosseur de toiles, de ravissants dessins devant lesquels se pâment d'aise les amateurs sincères comme vous.

Donc, admirez les dessins ; ne lisez pas le texte ; c'est la grâce que je vous souhaite !

Si vous ne suivez pas mon conseil, sachez du moins quel sera votre châtiment : Connaissez-vous une chanson, de Nadaud, je crois, où il est question d'un mari qui a épousé une femme d'une grande élégance. Ses robes, manteaux, coiffures, chaussures, corsets, bas, jusques aux jarretières viennent de chez le bon faiseur. Or, la première nuit des noces, le mari, dans l'allégresse, pénètre dans la chambre nuptiale : ses yeux étincellent, ses lèvres sont froides, ses mains tremblent. Soudain, il jette un cri d'effroi : les appas de l'épousée gisent sur le sol ; sa perruque blonde répand ses boucles sur son fauteuil ; ses dents trempent dans un verre d'eau ; ses bas garnis de ouate accusent encore d'harmonieux contours..... mais la femme est hideuse !

Croyez-moi, ne déshabillez pas ce beau livre de ses dessins, de sa splendeur typographique, de tous les ornements qui l'enjolivent, vous ressembleriez trop au mari de la chanson..... ce dont Dieu vous préserve.

Ernest Depré et Ch. Clairville. — MADAME BONIFACE. — Opéra-comique en trois actes. Musique de Lacome. — Tresse, éditeur, Paris. 1883. In-12.

Des souvenirs ne valent-ils pas mieux qu'une dédicace ? Voici presque ma pièce de début. Paul Ferrier nous rencontre au Cercle Volney, Clairville et moi : « Cantin veut jouer un « spectacle coupé. Il a déjà une pièce de moi, une de Chivot « et de Duru ; il lui en faut une troisième. Un acte que vous « devrez écrire en huit jours ». Ainsi fut fait.

Dix jours plus tard :

« — Mes enfants, dit Cantin, c'est charmant. Ça me con- « vient tout à fait... Mais je ne jouerai pas votre acte ; je ne

« serais pas directeur si je ne changeais pas d'idées. Remportez votre baron Frick et cherchez autre chose... en trois « actes, cette fois ! c'est plus facile à placer ».

Madame Boniface est née de ce hasard et fut reçue aux Bouffes... la veille de la première de la *Mascotte*. Ce qui nous retarda de deux ans. Mais nous y gagnâmes d'avoir pour interprète Théo, retour d'Amérique, une première superbe et cent représentations.

A quelque chose malheur est bon.

Ernest Depré et Ch. Clairville. — LA MINIATURE. — Comédie en un acte. — Tresse et Stock, éditeurs. Paris. 1886. Brochure.

Si j'évoquais pour vous un peu le passé ? *La Miniature* devait être représentée en mai, interprétée par M. Martin et Mlle Pierval, et jouée en « matinée ! » Une première en matinée ! La veille de la répétition générale, Koning vient jeter le coup d'œil du maître, trouve à la pièce plus de valeur qu'il ne pensait et nous recule à l'entrée de la saison suivante, ce qui lui permet :

1° De remplacer les costumes modernes par des costumes Empire :

2° De remplacer ce pauvre Martin par Montbars, et cette infortunée Pierval par Juliette Depoix ;

3° De nous jouer en milieu de spectacle après le lever de rideau et avant « le Bonheur conjugal ».

La pièce fut mise en scène par l'excellent Landrol qui, deux ans après, mourait subitement à Paramé, et je n'oublierai jamais avec quelle habileté, quel tact, quelle bonhomie il apportait aux répétitions le précieux aide de son talent.

Inutile d'ajouter que dans un rôle double, Julia Depoix ne rappelait point du tout Paulin Ménier dans le « Courrier de Lyon ».

J. Deschamps. — VOYAGE A TRAVERS MON ATELIER. — Jouaust, éditeur. Paris. 1879. In-12.

Je me fais un véritable plaisir de vous adresser un petit volume ayant pour titre « Voyage à travers mon atelier »...

Je m'estimerai très heureux s'il a le don de vous intéresser tant soit peu.

Adrien Dézamy. — LA CATASTROPHE. — Vendu au profit des victimes du sinistre des Sables-d'Olonne.

La charité S. V. P.

Charles Diguet. — LES JOLIES FEMMES DE PARIS. — A. Lacroix, Verboeckhoven et Cie, éditeurs. Paris. 1870. In-8.

Où sont-elles ces fières Roses ce jour d'huy vingt-troisième de juin 1890 ?

Charles Diguet. — MÉMOIRES D'UN LIÈVRE. — L. Frinzine et Cie, éditeurs. Paris. 1886. In-8.

Son confrère au Comité de la Société des Gens de lettres.

Jean Dolent. — UNE VOLÉE DE MERLES. — E. Dentu, éditeur. Paris 1862. In-12.

Je prie Madame Paul Eudel d'avoir un peu d'indulgence pour ce petit livre, un livre de début.

Jean Dolent. — PETIT MANUEL D'ART. — Alph. Lemerre, éditeur. Paris. 1874. In-12.

A mon confrère.

Edouard Drumont. — LA FRANCE JUIVE. — Marpon et Flammarion, éditeurs. Paris. In-12. 2 volumes.

Tome II. Page 116.

« . ...Les bons Sémites de l'Hôtel des Ventes n'ont pu

résister à la tentation d'abuser ceux même qu'ils nomment avec tant de vénération : « les barons ». Plus d'un objet est moderne ; beaucoup de pièces d'orfèvrerie, notamment, me paraissent avoir reçu tardivement ce que M. Paul Eudel, dans son livre sur le *Truquage*, appelle « le baptême des poinçons français ».

Tome II Page 144.

« .....Lisez le *Truquage*, de M. Paul Eudel, qui devrait être dans toutes les familles pour les préserver de la ruine. Depuis les objets préhistoriques jusqu'aux Diaz et aux Charles Jacques, tout sert de prétexte à une odieuse contrefaçon. On fabrique de faux silex, de fausses statues de Tanagra, de fausses figurines de Sèvres et de Saxe, de fausses médailles, de faux autographes, de faux bronzes. Il y a dans ce livre des anecdotes exquises et des tours bien divertissants. Quoi de plus charmant que l'histoire que racontait le juif Coblentz, qui excellait à faire des miniatures et des grisailles genre Sauvage. Un jour, il envoie un tiers vendre chez un grand marchand une miniature qu'il avait faite lui-même. Le marchand l'achète immédiatement. Peu de temps après, seconde visite avec une seconde miniature dans le même goût que la première. Cette fois, l'acquéreur repoussa l'offre qui lui était faite, et fit même de sanglants reproches à l'intermédiaire pour lui avoir vendu une chose moderne. Celui-ci prétexta de son ignorance.

— « Tenez, dit-il, je vais vous montrer de vrais Sauvage, et il ouvrit une armoire remplie de grisailles. Elles ne sont pas signées, mais elles parlent d'elles-mêmes, celles-là, ajouta-t-il. »

Or, c'étaient des miniatures de Coblentz, qui en rit encore.

Henry Durbec. — PERCEPTEUR OU CUIRASSIER. — Publications populaires. Marseille. 1890. Brochure.

Permettez-moi de vous offrir ce petit monologue ; je sais que votre bibliothèque est hospitalière, et je vous demande pour lui une place — modeste, comme il convient — à côté des haults et puissants barons de la confrérie littéraire.

Ce jeune enfant n'est point baptisé encore : si vous trouviez une jolie commère qui voulût, avec vous, présenter le front du nouveau-né à l'eau lustrale du baptême, le père serait charmé et flatté d'un tel parrainage.

Théodore Duret. — CRITIQUE D'AVANT-GARDE. — G. Charpentier et Cie, éditeurs. Paris. 1885. In-12.

Hommage d'un critique à un critique.

Louis Enault. — LES DIAMANTS DE LA COURONNE. — E. Bernard et Cie, imprimeurs-éditeurs. Paris. 1884. In-12.

Hommage affectueux.

Paul Eudel. — L'HÔTEL DROUOT, dit par Galipaux. — Tresse, éditeur. Paris. 1882. Brochure.

Attention, lecteur, tu as là, devant tes yeux, l'*Hôtel Drouot!* chef-d'œuvre des monologues, puisqu'il est de mon ami Eudel le Bon.

Approuvé le certificat ci-dessus, puisqu'il est de moi.

Félix GALIPAUX.

Armand Eudel du Gord. — RECUEIL DE FRAGMENTS HISTORIQUES. — Didot Frères. Paris. In-8.

A mon cher cousin, souvenir de la plus vive et profonde affection.

Ferdinand Fabre. — L'ABBÉ TIGRANE. — Alphonse Lemerre, éditeur Paris. 1873. In-12.

Je sais, mon cher confrère, combien vous aimez les livres, et je suis heureux de voir l'*Abbé Tigrane* entrer dans votre bibliothèque, si choisie.

Tous mes remerciements et bien cordialement.

L. Falize. — RAPPORTS DU JURY INTERNATIONAL,

Exposition Universelle de 1889, Orfèvrerie. — Imprimerie Nationale. Paris. 1891. In-4°.

En souvenir de ses intéressantes études sur l'Orfèvrerie.

Paul de Farcy. — SIGILLOGRAPHIE DE LA NORMANDIE. — F. Le Blanc-Hardel, libraire. Caen. 1875. In-8.

.....Je me permets de vous offrir un travail que j'ai fait sur la Sigillographie de Bayeux, et dont j'ai gravé les planches.

Fernand Fau et Ferny. — LE SECRET DU MANIFESTANT. — E. Fromont, éditeur. Paris. 1894. Brochure.

Hommage de son collaborateur.

P. Ferrier, G. Jollivet, Ch. Clairville et E. Depré. — LA BRIGUEDONDAINE. — Librairie Théâtrale. Paris. 1887. Brochure.

Le Cercle Volney, mon cher Eudel, est encore ici le coupable. Pendant que Ferrier et Jollivet écrivaient pour les « Mirlitons » la *Revue improvisée.* — Clairville et moi perpétrions pour les « Pieds crottés » *Omnibus revue.*

Lors, Briet, directeur du Palais-Royal, pense à une fusion — qui se fit plus aisément dans son cabinet.... qu'à la Chambre. Inutile d'ajouter que des deux revues primitives il ne resta pas une scène. Toutes (ô Sarcey !) furent des scènes à faire !

Souvenirs de gaieté que ces répétitions — et surtout souvenirs de chaleur ! Les caves de la Pissotte furent taries dans leurs fûts strasbourgeois. (La Pissotte est le surnom déjà ancien donné au petit café qui fait le coin de la rue Montpensier). Et quand nous arrivions, tous les cinquante, nous installions les tables sur la chaussée et attablés devant nos cinquante bocks nous empêchions de passer les Urbaines !

Le général Boulanger, alors ministre de la guerre, avait

pour lui Anastasie qui repassa ses ciseaux en son honneur. Le rôle de « Rifflard » fut le dernier créé et joué par le nasal Hyacinthe ; la dernière fois que je le vis, à Dezoder, qui se plaignait d'un anthrax, il répondait de sa voix de mirliton : « Demandez le programme, l'anthrax !... »

J.-H. Foulon-Menard. — ALEXIS TRANSON, DE NANTES, *charcutier, philosophe et antiquaire.* — Jules Grinsard, imprimeur. Nantes. 1874. Brochure in-8.

Au collectionneur érudit.

Eugène Fouque. — MOUSTIERS ET SES FAÏENCES. — Librairie Historique des Provinces. Paris. 1889. In-8.

Envoi d'Emile Chevalier, éditeur, de la part de M. Eugène Fouque.

Elie Fourès. — AU PAYS DES FÉLIBRES. — Albert Savine, éditeur. Paris. 1887.

Confrère, à l'aimable et cher membre du Comité de la Société des Gens de Lettres. Cordial souvenir.

Fournier (l'abbé). — VOYAGE A ROME. — Vve Mellinet, imprimerie. Nantes. 1863. In-8.

Son dévoué collègue.

Charles Fuster. — LOUISE. — Librairie Fischbacher. Paris. 1893. In-12.

Tout sympathique hommage.

J'ai tenu, Madame, à vous offrir cette *Louise*, en y joignant tous les plus dévoués respects de Charles Fuster.

Félix Galipaux. — L'HOMME JAUNE, scène comique. — Barbré, éditeur. Paris 1879. Brochure.

L'*Homme jaune*, la scène comique créée par M. Félix Galipaux rend bleu l'auditeur.

Félix Galipaux et Charles Samson. — Douleur ! duo lacrymatoire. — Barbré, éditeur. Paris. 1882.

Je crois que *Douleur !* ce duo lacrymatoire, fait plaisir à entendre.

F. Galipaux et Ch. Samson. — Deux Epaves, saynète bouffe. — Barbré, éditeur. Paris. 1885.

A mon aimable ami, M. Paul Eudel, l'un des complices.

Antoine Gandon. — Les trente-deux Duels de Jean Gigon. — Librairie Nouvelle. Paris. 1860. In-12.

.....Mon livre, depuis le 15 décembre, jour de son apparition, a été tiré à 16.000 exemplaires et en est aujourd'hui à la fin de sa 10e édition. Il n'y a rien, absolument rien d'inventé dans les 32 duels de Jean Gigon qui était sous mes ordres en Afrique et dont les aventures sont une légende pour le 1er chasseurs d'Afrique.....

Edouard Garnier. — Histoire de la Verrerie et de l'Emaillerie. — Alfred Mame et fils, éditeurs. Paris. 1886. In-4°.

Hommage de l'auteur.

Jean Gigoux. — Causeries sur les artistes de mon temps. — Calmann Lévy, éditeur. Paris. 1885. In-12.

Echange de bons procédés.

Paul Ginisty. — LE DIEU BIBELOT. — A. Dupret, éditeur. Paris. 1888. In-18.

Au spirituel et érudit chroniqueur de la curiosité.

Ad. Giraldon *(dessins de)*. — TRENTE ET QUARANTE. — Imprimé par Draeger et Lesieur.

Souvenir affectueux. — Mai 1892.

Jules de Goncourt. — LETTRES DE JULES DE GONCOURT. — G. Charpentier et Cie, éditeurs. Paris. 1883. In-12.

Hommage d'un collectionneur à un collectionneur.

Goncourt. — JOURNAL DES GONCOURT. — G. Charpentier et Cie, éditeurs. 1887. In-12.

Avec ses amitiés.

Emmanuel Gonzalès. — LES CARAVANES DE SCARAMOUCHE. — Dentu, libraire. Paris. 1881. In-12.

Cordial souvenir de Gonzalès et Henri Guérard.

Gustave Gouellain. — L'ASSIETTE DITE A LA GUILLOTINE. — Imprimerie Jouaust. Paris. 1872. Brochure.

Hommage affectueux à l'auteur du *Truquage*.

H. Gourdon de Genouillac. — L'ART HÉRALDIQUE. — Quantin, éditeur. Paris. In-12.

A mon cher collègue, j'offre ce volume : l'*Art Héraldique*. Passé maître dans l'art de reconnaître le *truc* dans la curiosité, il est plus à même que tout autre d'apprécier les services que peut rendre ce volume à tous les amateurs.

H. Gourdon de Genouillac. — L'Eglise et la Chasse. — Jouaust, libraire. Paris. 1886. In-12.

Ce livre a été écrit, en manière de distraction, entre temps que je travaillais au *Roman d'une Bourgeoise* et au VI volume de mon gros œuvre : *Paris à travers les Siècles.* Ça été un plaisir pour moi, qui n'ai jamais tué un lapin (ce qui ne m'a pas empêché d'être proclamé prix de tir en 1850 par la garde nationale de Batignolles !... saluez !...) de traiter une question sur laquelle les théologiens et les disciples de saint Hubert n'ont jamais pu s'entendre.

Je puis ajouter que tous mes renseignements ont été puisés à bonne source.

Oui, l'*Eglise et la Chasse*, ce petit bouquin que j'ai la satisfaction de vous offrir, est né de l'exemple que m'a donné Alex. Dumas père, qui me répétait sans cesse : « Mon cher enfant, on se délasse du travail littéraire par un autre travail littéraire ; souviens-toi de cela. »

Je m'en suis souvenu, et c'est pourquoi on m'a vu tour à tour historien, romancier, héraldiste, et bien d'autres encore... sauf millionnaire, mais ça viendra... Il faut savoir borner son ambition, la mienne consiste à vous voir bien accueillir ce petit volume.

H. Gourdon de Genouillac. — Inviolable. — E. Dentu, éditeur. Paris. 1890. In-12.

Pourquoi ce livre ?

Je vais vous le dire : j'ai regardé autour de moi et j'ai vu que, dans toutes les classes sociales, la grande, j'allais dire la seule préoccupation, c'était celle de vivre à outrance. Nos députés n'en sont pas exempts. Ne rien se refuser, contenter ses appétits à tout prix, jouir de la vie sans se préoccuper de celle de la femme et des enfants. Combien se conduisent de la sorte ? C'est cette plaie dont j'ai voulu esquisser les traits saillants dans *Inviolable.* Qui sait si vous ne reconnaîtrez pas quelqu'un dans le héros de ce roman, et plus probablement encore dans la compagne fidèle et dévouée de l'indigne mari !

Olivier de Gourenff. — SUR LA ROUTE. — Alphonse Lemerre, éditeur. 1895. Paris. In-12.

A mon confrère et ami.

Olivier de Gourenff.

Vous n'ignorez pas, mon cher maître et ami, qu'il faut, pour réussir dans les lettres, au théâtre surtout, du talent et du bonheur Je ne puis apprécier dans quelle mesure — modeste, sans doute – j'ai possédé le premier de ces dons, quant à l'autre, j'affirme, sans crainte d'être démenti, que j'en ai été totalement dépourvu.

Je ne vous conterai pas l'histoire de mes huit ou dix pauvres pièces, un vrai martyrologe. Celle-ci, *Le Rêve de Corneille*, fut la moins malheureuse. L'aimable et sympathique directeur de l'Odéon, M. Desbeaux, la reçut avec empressement, non sous sa forme première qui mettait en scène un épisode de la vie même de Charlotte Corday, mais sous son aspect modifié de rêve et d'apothéose de Corneille, grand-oncle de l'*ange de l'assassinat*.

On ne me demanda ni retouches ni corrections. Je fus seulement prié d'ajouter les strophes finales de la Muse qui donnaient à l'à-propos son caractère solennel.

Mais ici commence la série de mes déboires, série ininterrompue dans tout le cours de ma vie littéraire et autre.

1° Pour le rôle de Charlotte Corday, qui est toute la pièce, je fus ballotté d'interprètres en interprètes, de Wonda de Boncza, d'abord choisie pour son type, à Verteuil, tragédienne au sombre profil. Mon choix s'arrêta enfin sur Mlle Rose Syma, et je dois dire que cette charmante artiste se tira à son honneur d'un rôle peu fait pour elle. Le fichu croisé et la coiffe normande seyaient à ravir à sa beauté blonde. Je conserve précieusement sa photographie en Charlotte — souvenir de cette soirée du 6 juin 1896, unique dans une carrière.

2° Unique hélas ! On jouait alors avec des salles combles. On joua jusqu'à la clôture *Le Roman d'un jeune homme pauvre*, d'Octave Feuillet. La longueur inusitée de cette pièce ne permit pas d'inscrire de nouveau au programme mon

Rêve de Corneille, malgré le très réel succès qu'il avait eu devant le public.

3° Cependant, Marck et Desbeaux m'avaient absolument promis de maintenir *Le Rêve* au répertoire et de le donner à la rentrée dans les spectacles classiques. Admirez ma déveine ! ces braves directeurs passèrent la main, peu de jours après, et on me traita d'ironiste, pour leur avoir dédié ma pièce dernier acte de leur direction.

Jeunes gens, regardez-y à deux fois avant de faire du théâtre.

J. Grand-Carteret. — LES MŒURS ET LA CARICATURE EN ALLEMAGNE. — Louis Wisthausser, éditeur. Paris. 1885. In-8.

Hommage de son dévoué.

Oserais-je, Monsieur, vous demander à échanger ma *Caricature Allemande* avec votre intéressant travail sur l'Orfèvrerie...

J. Grand-Carteret. — LES MŒURS ET LA CARICATURE EN FRANCE. — Librairie Illustrée. Paris. In-4°.

Bien cordial hommage de son dévoué.

Voici, cher Monsieur, un exemplaire de *La Caricature en France,* auquel je joins prospectus sous les quatre formes tirées et affiche de librairie.

J'espère que vous trouverez quelque intérêt à le parcourir d'abord, puis à le lire.

Charles Grandmougin. — ORPHÉE. — Calmann-Lévy, éditeur. Paris. 1882. In-12.

Sympathiquement.

Théodore de Grave. — LA ROCHE-AUX-FÉES. — Paris. Calmann-Lévy, éditeur. 1885. Edition originale. Un volume in-12 relié pleine toile Bradel avec fer spécial.

Vous me demandez, mon cher, comment me vint l'idée d'écrire l'histoire de *La Roche-aux-Fées*. Mon Dieu ! c'est bien simple !

En ce temps-là, j'étais en Bretagne, chez des amis. Un jour, une jeune femme de notre société me demanda si je voulais l'accompagner jusqu'aux pierres druidiques qui se trouvaient dans notre voisinage. J'acceptai avec empressement, et le lendemain nous partions tous les deux et sans penser à mal...

...Elle avait vingt ans ; je n'en avais pas encore trente ; elle était blonde et jusqu'alors le hasard m'avait toujours livré aux mains des brunes !...

Au départ, nous marchions côte à côte et nous jasions tout haut !

A mi-chemin, nos mains s'étaient enlacées et nous parlions tout bas !

Peu après, nous étions au terme de notre excursion ; mais, en arrivant au but... nous l'avions dépassé !...

.. Elle avait vingt ans ; je n'en avais pas encore trente ; elle était blonde et jusqu'alors le hasard m'avait toujours livré aux mains des brunes !...

Et voilà pourquoi, en me rappelant les pierres druidiques, il m'a paru charmant d'y incruster cette simple histoire d'amour.

Raoul de la Grasserie. — LE POÈME DE LA CLOCHE. — C. Dentu, éditeur. 1892. In-12.

Je me permets de vous adresser un volume de vers qui paraît ces jours chez Dentu : *Le Poème de la Cloche*, et vous prie de vouloir bien en accepter l'hommage.

E. Grenet-Dancourt. — LA NUIT TERRIBLE, dit par Galipaux. — Barbré, éditeur. Paris. 1881. Brochure.

Badinage en vers et... contre la morale.

E. Grenet-Dancourt. — Le Bon Dieu, monologue dit par Coquelin aîné. — Paul Ollendorff, éditeur. Paris. 1884. Brochure.

Hommage affectueux de son très dévoué.

Max Grias et F. Galipaux. — Batignolles-Clichy-Odéon, monologue dit par Félix Galipaux. — Paris. Barbré, éditeur. 1881.

Batignolles-Clichy-Odéon est un monologue roulant.

Emile Grimaud. — A propos d'un sonnet sur Michel Colombe. — Imprimerie Grimaud. Nantes. 1884. Brochure.

Sympathique hommage.

Ch. Gueullette. — Mlle Constance Mayer et Prud'hon. — Librairie A. Detaille. Paris. 1880. Brochure.

A mon savant confrère.

Je professe pour Prud'hon un véritable culte ; tout ce qui l'intéresse me passionne.

En lisant un jour, dans l'ouvrage de Charles Clément, les pages émues qui sont consacrées au maître et à Mlle Mayer, je fus frappé d'admiration pour le rôle de l'élève auprès du grand artiste, dont elle devint la bonne étoile et la fée protectrice.

C'est alors qu'il m'est venu le désir de faire partager mon enthousiasme au public. Mais, pour parler de cette vertueuse femme avec connaissance de cause, il me fallait en quelque sorte ressusciter l'atelier du peintre, pénétrer dans sa vie intime, m'asseoir à son foyer ; voilà pourquoi j'ai interrogé les derniers survivants, familiers ou parents de Prud'hon : Eudamidas et Emilie, ses enfants ; Mlle Camille Lordon, Mme Amable Tastu, M. Lenoir, etc., etc.

Je ne sais si mes recherches ont quelque mérite ; en tout cas, elles m'ont apporté un double résultat qui est ma récompense la plus précieuse : Retrouver le tombeau du Maître, et, en le retrouvant, laver M. de Boisfremont, son plus intime ami, d'une injure qui flétrissait sa mémoire. Celui-ci, en effet, avait reçu de Prud'hon un legs qu'il devait consacrer, *et qu'il consacra,* à l'érection d'une tombe ; mais il préféra se voir accusé de s'être approprié l'argent, plutôt que de dénoncer l'endroit où le Maître voulait dormir ignoré auprès de son élève et compagne bien-aimée.

Ch. Gueullette. — Acteurs et Actrices du temps passé. — Librairie des Bibliophiles. Paris. 1881. In-8.

A la suite des éditions que j'ai données en 1878 et 1879 des *Fausses Envies* et d'*Arlequin-Pluton*, pièces inédites de Thomas Gueulette, M. Lalauze, qui avait illustré les deux plaquettes de délicieuses vignettes, me proposa d'utiliser mes études sur l'ancien théâtre en écrivant un ouvrage dont il graverait les portraits. Le plan que j'expose dans l'Avant-Propos eut l'agrément de M. Jouaust et, tout aussitôt, nous nous mîmes à l'ouvrage. C'est le premier volume que je donne aujourd'hui. Deux autres suivront. L'amour du théâtre est dans le sang, j'ai donc grand bonheur à m'acquitter de ma tâche. On prétend que je suis amoureux de toutes les actrices dont je parle. Peut-être y a-t-il quelque exagération. Je m'en rapporte à mon confrère et ami.

Ch. Gueullette. — Répertoire de la Comédie Française. — Librairie des Bibliophiles. Paris. 1885. In-12.

Comment me vint la pensée de ce petit répertoire ? Tout simplement parce que j'aime la Comédie Française à la folie et que rien n'est plus doux que de faire, de l'objet aimé, sa préoccupation quotidienne.

Mon beau-frère, Armand Silvestre, m'offrit la première préface ; Mademoiselle Bartet, ma très charmante amie, consentit à figurer en tête de mon premier volume ; sous ce double patronage, je ne pouvais manquer de réussir, et je pris courage.

Ch. Gueullette. — LE RÉPERTOIRE DE LA COMÉDIE FRANÇAISE, *tome II, 1885.* — Librairie des Bibliophiles. Paris. 1886. In-12.

A côté de l'étude de la Comédie, l'étude de la Tragédie — Melpomène auprès de Thalie, eussent dit nos pères !

J'ai pour le caractère comme pour le talent de Mademoiselle Dudloy la plus profonde admiration.

Artiste passionnément convaincue, elle a lutté avec un véritable héroïsme en faveur du grand art et le triomphe n'est venu qu'après bien des amertumes et bien des épreuves. Elle a tout supporté sans se plaindre ni se rebuter. Au temps même où une cabale montée contre la tragédie faillit emporter sa vaillante inteprprète, Mlle Dudloy n'eut pas une parole offensante contre ses adversaires. Elle sentait que le public, dans son bon sens, lui donnerait raison, ce qui arriva d'une façon éclatante.

Ch. Gueullette. — RÉPERTOIRE DE LA COMÉDIE FRANÇAISE, *tome III, 1886.* — Librairie des Bibliophiles. Paris. 1887. In-12.

Mademoiselle Reichemberg ? Un papillon, une petite fée, la reine Mab si vous voulez ; bref, un génie céleste, une mignonne apparition qu'on adore à la scène, mais qui vous échappe à la ville quand on veut la saisir au vol. Ce que j'ai eu de mal à la retenir cinq minutes chaque fois où j'ai sollicité d'elle un renseignement verbal !... Ah ! ce n'est point sans raison que Suzanne Brohan avait surnommée « souris » la mère de notre délicieuse ingénue... « C'est dans le sang », disait Lassouche.

Ch. Gueullette. — RÉPERTOIRE DE LA COMÉDIE

Française, *tome IV, 1887*. — Librairie des Bibliophiles. Paris. 1888. In-12.

Ce que Madame Barretta m'a défendu d'imprimer, je puis le dire dans ce petit coin. Il s'agit de sa vie privée.

Telle vous la voyez au théâtre, telle vous la retrouvez chez elle, avec les mêmes grâces, les mêmes charmes et les mêmes attraits. Elle est la joie et la gaîté de la maison ; demandez à M. Worms ?

Admirable petite mère de famille, elle gâte à l'infini son baby, son « empereur » comme elle l'appelle — un empereur de 5 ans, qui mime déjà avec autant d'esprit que d'irrévérence MM. les Sociétaires de la Comédie Française, et qui nous promet, ma foi, un grand comédien s'il continue.

Fille d'un dévouement et d'une tendresse absolue, elle est la providence de ses vieux parents. J'ai souvent l'honneur de posséder M. Barretta pour voisin à l'orchestre des Français. Le respectable et excellent vieillard ne parle pas de sa « Blanchette » sans que les larmes lui viennent aux yeux. « C'est un ange, me disait-il hier encore, si nous l'écoutions, sa mère et moi, elle se mettrait sur la paille pour nous donner le superflu. Elle ne sait qu'imaginer pour nous faire plaisir. »

Ch. Gueullette. — Répertoire de la Comédie Française, *tome V, 1888*. — Librairie des Bibliophiles. Paris. 1889. In-12.

Si je me tressais une petite couronne ?

Voici mon répertoire en bonne voie. Il a sa place au soleil. Bien modeste, mais enfin il l'occupe et depuis 1883, il a fait son chemin. Plusieurs « Princes de la Critique » l'ont réclamé comme document utile à leurs travaux ; deux de nos jolies sociétaires ont témoigné qu'elles ne dédaigneraient point de prendre sous leur patronage les volumes à paraître. Aussi, suis-je très fier de mon succès ... succès tout platonique et qui, l'édition épuisée, ne mettra pas gros argent dans ma poche. Bah ! que ma chère Comédie Française me tienne en quelque estime et je serai largement payé de mes peines.

Ch. Gueullette. — Répertoire de la Comédie Française, *tome VI, 1889*. — Librairie des Bibliophiles. Paris. 1890. In-12.

Péché avoué est à moitié pardonné, dit le proverbe ; je m'empresse donc de rendre à M Delaunay un hommage qui lui est dû. A lui l'honneur d'avoir été le premier décoré comme comédien, et non à M. Mounet-Sully, ainsi que le porte à tort mon mémento de cette année.

M. Delaunay, dans sa modestie, ne veut pas réclamer par la voie de la Presse. « Il me répugne, me disait-il tout-à-l'heure, d'occuper le public de ma personne. Rectifiez vous-même à la prochaine occasion ». Je le fais de grand cœur ici, en attendant une réparation plus complète.

Ch. Gueullette. — Répertoire de la Comédie Française, *tome VII*. — Librairie des Bibliophiles. Paris. 1891. In-12.

A mon cher confrère et ami, ce VII volume, qui continue ma même pensée et mon même culte pour la Comédie Française.

Docteur Guépin. — Le Socialisme expliqué aux enfants du Peuple. — Gustave Sandré, éditeur. Paris. 1851. In-18.

Ce livre, à cette heure très incomplet et très arriéré, est comme un symbole du travail social qui vous emporte dans des sphères inconnues. Je vous l'offre parce que vous êtes un collectionneur et comme type de ce que l'on pensait en 1850-51.

Jules Guiffrey. — Histoire de la Tapisserie. — Alfred Mame et Fils, éditeurs. Tours. 1886. In-8.

Bien cordial hommage.

Gyp. — L'Ange Gardien, conte publié dans le *Gaulois*, 1890. Manuscrit.

Offert par l'auteur.

Gyp. — Monsieur Fred.

Manuscrit offert par l'auteur.

Edmond Haraucourt. — La Légende des Sexes. — Imprimé à Bruxelles pour l'auteur. 1882. In-8.

Souvenir du vernissage de 1884.

Henry Havard. — L'Art dans la Maison. — Ed. Rouyère et Blond, éditeurs. Paris. 1884 In-4° sur Japon.

C'est toujours un grand plaisir pour un auteur de savoir que ses livres sont entre les mains d'un amateur érudit.

Abel Hermant. — Nathalie Madoré. — G. Charpentier et Cie, éditeurs Paris. 1888. In-12.

Hommage respectueux.

Je n'ai pas encore pu m'occuper de ce que vous m'avez demandé pour le *Cavalier Miserey*. Voulez-vous me permettre, pour m'excuser, de vous offrir un exemplaire, sur papier de Hollande, de mon nouveau roman ?...

Ernest Hoschedé. — Brelan des Salons. — Bernard Tignol, éditeur. Paris. 1890. In-12.

— J'espère que vous voudrez bien souscrire à un exemplaire de mon livre. Le plaisir que j'aurais à vous voir au nombre des souscripteurs me donne l'audace de vous le demander.

Bien affectueusement à vous.

Fernand Hue. — Le 1er Régiment de Chasseurs d'Afrique. — H. Lecène et H. Oudin, éditeurs. Paris. 1887. In-12.

J'ai gardé de mon séjour en Algérie et des années passées au régiment, un souvenir que ni l'éloignement, ni le temps n'ont pu effacer. Il me semble, au contraire, qu'en vieillissant, ces souvenirs s'avivent. Quoi d'étonnant ? .. ils reportent aux années de jeunesse.

Un jour, je racontais quelques anecdotes du 1er de chasseurs d'Afrique, et, selon ma coutume, je m'emballais. Mon éditeur me dit :

— Pourquoi n'écrivez-vous pas l'histoire de votre régiment ? Cela ferait un bon livre, je vous le prendrais.

Dès le lendemain, je me mettais à l'œuvre, et, trois mois après, je livrais le manuscrit.

Tout ce que j'ai dit dans cet ouvrage est absolument historique. Pour toute la période antérieure à 1864, j'ai consulté au ministère de la guerre, les archives et les journaux de marche du régiment. Depuis cette époque, j'ai surtout évoqué des souvenirs personnels.

Avec quelle joie et quelle émotion, souvent, j'ai écrit ces pages qui me rajeunissaient de vingt ans ! Avec quel soin j'ai surveillé, j'ai guidé le dessinateur ! Aussi, de tous mes ouvrages, c'est celui que j'aime le mieux et le plus ; c'est le seul dont je relise parfois une page.

A défaut de talent, j'y ai mis tout ce que mon cœur renferme de patriotisme ; je me suis efforcé de faire vibrer, chez ceux qui me liront, l'amour de la France, l'admiration des actes de bravoure, de dévouement, d'abnégation, de sacrifice. Ai-je réussi ? les nombreuses lettres que j'ai reçues me le feraient croire. Vous en jugerez.

Recevez donc ce livre, mon cher Eudel ; je vous l'offre comme un témoignage de sympathie et de bonne confraternité.

P. Hugounet et G. Villeneuve. — Docto-

RESSE. — Maurice Dreyfous, éditeur. Paris. Brochure.

De dix exemplaires sur Japon, dont aucun mis dans le commerce, en est le numéro trois.

Paul Hugounet. — MIMES ET PIERROTS. — Librairie Fischbacher. Paris. 1889. In-8.

Hommage de respectueuse sympathie.

Paul Hugounet. — LA MUSIQUE ET LA PANTOMIME. — Ernest Kolb, éditeur. Paris. In-8.

« Ça m'est venu en écoutant chanter Yvette Guilbert », prétend Willy.

Pas tout à fait.

Une genèse conçue suivant pareil Evangile, serait pour induire en erreur les Renan de ce minuscule point d'histoire funambulesque.

Je rectifie donc pour l'aimable confrère et ami qui a bien voulu me demander cette préface inédite.

Dans les *Soirées Funambulesques*, Champfleury nous avait dit comment on écrit une pantomime, Galipaux s'était autobiographié sous l'artistique prétexte de nous faire savoir comment on la monte : restait intact le côté son, en dépit des efforts de Guinaudeau, de la *Justice*, nous couchant vivants sur le gril de l'interview.

Son enquête, parée de bonnes intentions — c'était sa manière de nous faire la cour — laissait nombre de points importants dans une ombre regrettable et ne me paraissait pas de nature à jeter un jour électrique sur la question.

Le clair-obscur est admirable chez les maîtres hollandais : dans tout ce qui touche à la pantomime, il faut être net, précis.

L'article Guinaudeau fournissait dix notes : restait à donner le *la*.

Or, la *Statue* venait de remporter un brillant succès, et nos confrères de la critique en attribuaient une part considérable à la musique si peu encombrante et si adroite d'Adolphe David. J'improvisai aussitôt pour la livraison des *Soirées Funambulesques* du 19 avril un interrogatoire express de Wormser, de Pugno et de David. Joindre à deux membres du cercle l'auteur de la *Danseuse de Corde* témoignait de mon éclectisme. Tenter de dire comment on écrit la partition d'une pantomime n'était peut-être point besogne inutile et dépourvue d'actualité.

L'article parut dans cette brochure ignorée, fut recueilli par Joannès Weber, du *Temps*, qui en prit texte pour monter David en épingle et asséner à Pugno les redoutables coups de sa matraque wagnérienne.

L'assassiné cria. Je recueillis ses plaintes, et, surpris moi-même du bruit fait par ces trois cents lignes je songeai immédiatement à mon second volume sur la Pantomime, dont le plan seul existait en carton.

Or, voyez comme les idées dévient de leur conception primitive : La suite rêvée pour *Mimes et Pierrots* était calquée sur les *Souvenirs des Funambulesques*, de Champfleury, et j'y racontais à côté de certains détails sur le Boulevard du Temple qui ont trouvé place dans *La Plume*, la vie authentique de Mallet, la curieuse élaboration de l'*Enfant Prodigue* et de la *Statue du Commandeur*, n'espérant cependant en ces pages contenter ni les auteurs, ni les interprètes, ni même la bande des infatués qui, pour avoir trempé leur museau en pleine farine, se croient quelqu'un en pantomime.

Un chapitre était réservé à la question des Sourds-Muets, non plus effleurée, mais traitée à fond, et sur laquelle, à la demande de F. Larcher, préparant lui-même un article, je n'avais rien laissé paraître — un autre à la question de la Musique dans ses rapports avec la Pantomime.

Ce n'est qu'après ce volume que viendrait mon Album de Portraits consacré aux Mimes célèbres.

Le feuilleton de Weber bouleversa tout : le plan de mes *Néo-Souvenirs des Funambules* réintégra son carton, la question des Sourds-Muets attendit en sommeil le résultat de l'enquête Berillon — et je tentai de construire un volume avec le seul chapitre musical.

J'eus la candeur de débuter par des recherches à la Bibliothèque Nationale ! Or, quand vous y demandez quoi que ce soit sur la Pantomime, on vous apporte le *Deburean* de Janin et *Mimes et Pierrots*. C'est flatteur, mais insuffisant.

Débouté du côté des sources écrites, je me résignai au témoignage oral.

La part faite à la musique Boulevard du Temple m'inquiétait : je vis à ce sujet Paul Legrand réfractaire à tout interrogatoire, craignant qu'on ne lui chipe ses mémoires, qu'il prépare toujours et qui ne paraîtront jamais — comme on lui a, dit-il, chipé ses Pantomimes. Entre deux imprécations contre les journalistes, il me jeta le nom d'Hervé, c'était toujours ça.

Je me rendis ensuite à Anet, chez ma veille amie Madame Debureau, et enfin je causai à La Varenne avec Alexandre Guyon, venu voir son fils.

Pour le compositeur toqué de *Chilpéric* et de *Bacchanale*, il me reçut dans son petit hôtel, s'emballa à dévider ses souvenirs, puis, le lendemain, me supplia par lettre de ne rien imprimer de ce qu'il avait dit de plus intéressant, mais aussi de plus vif.

A domicile eurent lieu les interwiews de Vidal, Thomé, Pfeiffer, Widor, Wormser Missa, David, Bellaigue, Joncières, Weber. Je vis l'instant où je prendrais une voiture au mois.

Massenet, saisi chez Heugel, garda un mutisme de statue ; Pugno causa en dînant ; de Maupou, Pougin et de Recy, absents de Paris répondirent par lettres. Wlily fit les demandes et les réponses et envoya à l'imprimerie un texte à ce point débordant de rosseries que je fus contraint d'exiger des coupures.

Je traitai en chronique — au grand scandale de Félix Larcher — l'aventure Berillon plus muet que son sourd — et conclus... pour conclure.

La recherche des documents prit quatre mois, la rédaction trente jours à peine, et une fois les textes communiqués aux interwiewés, qui les revirent avec le soin d'un député retouchant ses épreuves, le livre se trouve sur pied en un mois.

Restait la couverture. Je demandai à l'un de mes meilleurs collaborateurs à la *Chronique Amusante*, à le Natur, un dessin, voulant quelque chose d'original qui permît d'insérer le sommaire sur la couverture et sortît de la banalité des titres courants.

Il se promit de me satisfaire. Illustrateur des *Soirées Funambulesques*, hôte assidu du Cercle, il en connaissait les artistes et rêvait d'une tête de femme à mettre en valeur.

Je lui refusai Mallet, craignant, par ce trop évident hommage, de froisser cette violette de la pantomime.

Le Natur ne résista point et le souvenir de certain Arlequin devêtu par Boussenot sous sa limace bigarrée le hantait.

J'eus le tort d'ignorer ce détail et de conduire peu après le Natur à la répétition générale des *Cloches de Corneville* : il en revint atteint d'une crise de *Litinisme* aigu, mal plus contagieux que je ne l'aurais cru.

Quarante-huit heures plus tard, je possédais l'exquis original de cette couverture qui devait faire jaser le Tout-Paris des Théâtres, indigner quelques femmes vertueuses, en ameuter d'autres plus ou moins belles et honnêtes ; bref, m'attirer une armée de mécontents — tant et si bien que m'en voici réduit à la philosophie d'Aurélien Scholl, la seule pratique, bien que l'on ne l'enseigne pas au lycée.

— « J'ai des ennemis, disait le spirituel chroniqueur, tant mieux ! quand ils seront cent mille, je me mettrai à leur tête ! »

Moi aussi, j'attends qu'ils atteignent ce nombre respectable, pour me mettre à leur tête et les conduire.... chez Kolb, y faire emplette de ces pages vitupérées. — 2 novb. 92.

Félix Jahyer. — Salon de 1866. — Librairie Centrale. Paris. 1866. In-12.

A mon cher confrère du Comité des Gens de Lettres. Hommage affectueux.

Ed. Jannetaz, Em. Vauderheym, E. Fontenay, A. Coutance. — Diamants et Pierres précieuses. — J. Rothschild, éditeur. Paris. 1881. In-8.

Souvenir affectueux à l'auteur des 60 planches d'orfèvrerie.

Paul Jégo. — Poèmes symphoniques. — Imprimerie Nouvelle. Paris. 1888. In-12.

Hommage de sympathie à son collabo.

André Joubert. — Bussy d'Amboise. — Librairie E. Lechevalier. Paris. 1885. In-8.

Hommage respectueux de l'auteur.

Frantz Jourdain et Albert Brasseur. — Jean-Jean. — Librairie illustrée. Paris. In-12.

A mon excellent ami, avec toute mon affection.

Frantz Jourdain. — Ouvriers de batiment. — Manuscrit.

..... Je puis le dire à vous, qui êtes un ami et non un client : dans le bâtiment, le bon marché n'existe pas.... Dans ma petite étude sur les *Ouvriers du Bâtiment*, j'ai dit ce que je pensais à ce sujet et avec connaissance de cause.....

Frantz Jourdain. — Beaumignon. — Jules Lévy, éditeur. Paris. 1886. In-12.

A l'artiste délicat, à l'excellent cœur, à l'ami dévoué, au véritable père de ce livre.

Avec ma grande reconnaissance et ma vive affection.

Mon cher ami,

... Si je n'avais ni ma mère, ni ma femme, ni mes enfants, c'est à vous et à vous *seul*, mon cher Eudel, que j'aurais dédié ce pauvre livre, si humble et si modeste, qui est tout étonné d'être au monde, et dont vous êtes le parrain, l'unique parrain.

Frantz Jourdain. — Le peintre Albert Besnard. — Boussod, Valadon et Cie, éditeurs. Paris. 1888. In-4°.

A mon excellent ami, en toute sympathie.

Boussod m'a fait la gracieuseté — gratuite — d'un tirage à part, la première epreuve est pour vous....

Frantz Jourdain. — A LA CÔTE. — Librairie Moderne. Paris. 1889. In-12.

A l'ami dévoué qui m'a aidé, soutenu, encouragé ; à l'artiste délicat ; à l'excellent cœur.

Avec toute ma gratitude et ma grande affection.

Frantz Jourdain. — LES DÉCORÉS. — Simonis Empis, éditeur. Paris 1895. In-12.

Son ami.

Gustave Jundt. — Imprimerie de A. Quantin. Paris 1884. In-4°.

En souvenir de Gustave Jundt à son cher ami, de la part de son frère.

René Kerviler. — BIBLIOGRAPHIE CHRONOLOGIQUE. — Frédéric Girard, imprimeur. St-Nazaire. 1884. Brochure.

A M. Paul Eudel.

Marie Krysinska. — L'AMOUR CHEMINE. — Alphonse Lemerre, éditeur. Paris. 1892. In-12.

Très respectueusement et en hommage d'admiration.

Arnaud Lapointe. — LA FILLE REPENTIE. — Librairie des Publications à cinq centimes. Paris. Brochure in-18.

... Cet ouvrage, par la mise en scène de son principal

personnage, Jean Patriarche, est la glorification de la bienfaisance et fait ressortir tout ce que ce sentiment et sa pratique dans la vie peuvent produire d'heureux résultats pour le relèvement de la créature déchue et misérable...

Lorédan Larchey. — L'ESPRIT DE TOUT LE MONDE. — Berger-Levrault et Cie, éditeurs. Paris. 1892. In-12.

Avec le regret de ne pouvoir vous remettre le volume moi-même.

Lorédan Larchey. — L'ESPRIT DE TOUT LE MONDE. — Berger-Levrault et Cie, éditeurs. Paris. 1893. In-12.

Cher confrère,

... Vous avez reçu, je crois, le 2e volume de *l'Esprit de tout le monde* qui vient de paraître. Mais le 1er vous est-il parvenu l'année dernière ? Mais souvenirs sont bien incertains...

Lorédan Larchey. — DICTIONNAIRE HISTORIQUE D'ARGOT. *Nouveau supplément du Dictionnaire d'Argot.* — E. Dentu, éditeur. Paris. 1889. 2 vol. In-12.

Mon cher confrère,

... L'éloignement m'empêche d'écrire ce que je voudrais à la première page. Je réparerai cet oubli au printemps avec votre permission, et je vous conterai alors l'histoire, peu connue aujourd'hui, du dictionnaire de la langue verte.

Léonce de Larmandie. — MES YEUX D'ENFANT. — Librairie des Bibliophiles. Paris. 1888. In-12.

A mon confrère et co-radié.
Hommage sympathique.

Edouard Leblanc. — A LA RECHERCHE DE LA PIERRE PHILOSOPHALE. — Librairie Ch. Delagrave Paris. 1886. In-4°.

Hommage de l'auteur.

Gaston Le Breton. — HISTOIRE DU TISSU ANCIEN.— A. Quantin, éditeur. Paris. In-4°.

Affectueux souvenir.

E. Leclerc et F. Galipaux. — EN REV'NANT DE L'ASSOMMOIR. — Poème réaliste. Barbré, éditeur. Paris. 1880. Brochure.

A-propos sur lequel je compte pour entrer à l'Académie.

Notice Biographique sur M. Paul Legrand. — Typographie de J. Frey. Paris 1847. Brochure.

Envoi de Paul Legrand.

Jules Lermina. — ASSOCIATION LITTÉRAIRE ET ARTISTIQUE. — Bibliothèque Chacornac. Paris. 1889. In-12.

A mon ami.

Hugues Le Roux. — L'ATTENTAT SLOUGHINE. — Jules Lévy, éditeur. Paris. 1885. In-12.

A mon cher confrère, son tout dévoué.

. . Si les sous-titres étaient encore de mode, j'aurais écrit sur ce volume : *L'attentat Sloughine* ou *Le Roman du Terme*.

C'est aussi bien pour m'acquitter de cette formalité indispensable que j'ai écrit au jour le jour l'histoire de Dimitri et de Sacha.

Elle me valut, en ce temps-là, les compliments de mon propriétaire, qui était fleuriste à Nogent-sur-Marne.

Hugues Le Roux. — LA-RUSSIE SOUTERRAINE. — Jules Lévy, éditeur. Paris. 1885. In-12.

A mon parrain des Gens de Lettres.

Fragment d'une lettre adressée par Sonia Pérovskaia à sa mère, la veille des assises :

«.... Ma chère maman, ma toilette a été très négligée « depuis quelque temps ; envoie-moi une collerette et des « gants à deux boutons, pas plus ; ce ne serait pas conve- « nable dans ma position.... »

Hugues Le Roux. — UN DE NOUS. — Jules Lévy, éditeur. Paris. 1886. In-12.

A mon cher confrère et ami.

Le père Montaigle dont il est question à la page 178 est le père Montsabré : j'ai copié textuellement dans la *Semaine Religieuse* la tirade de Pathos qu'il avait débitée en chaire de Notre-Dame.

Hugues Le Roux. — MÉDÉRIC ET LISÉE. — 80 dessins de Henri Dillon. Paris. Jules Lévy, éditeur. 1887.

Ceci est une histoire vraie. Le décor est une ferme normande où j'ai passé mon enfance. On a coupé la belle chênaie qui entourait d'un cirque d'arbres l'Abbaye de Relleville, la maison n'est plus à nous. Tous ceux que j'ai aimés à cette place-là s'en sont allés...

Hugues Le Roux. — CHEZ LES FILLES. — Victor Havard, éditeur. Paris. 1888. In-12.

Une demoiselle qui lit la *Vie à Paris du Temps* m'a écrit l'autre jour :

« Monsieur, ne pourriez-vous pas écrire un livre qui s'ap- « pellerait *Chez les Jeunes Filles* et qu'on laisserait traîner « sur la table ? »

Avait-elle lu celui-là ?

Hugues Le Roux. — L'ENFER PARISIEN. — Victor Havard, éditeur. Paris. 1888. In-12.

Un astrologue, dont je conte l'histoire dans ce livre, m'a prédit (p. 227) que je ferais prochainement un voyage par mer et une mauvaise chute..

Six mois plus tard, je tombais avec un cheval en sautant un fossé, je me mettais au lit pour un mois, je ne me relevais que pour partir au Maroc.

Hugues Le Roux. — LE FRÈRE LAI. — Librairie Moderne, rue Saint-Benoît, 7, Paris. 1888. In-12.

Vous me demandez, mon cher monsieur Eudel, une note sur ce livre ; voici un souvenir qui m'est cher :

Le conte intitulé *Italiennes de Paris* est la première prose que l'on m'ait imprimée à Paris. Cela parut dans le *Henri IV*, journal éphémère et disparu. Et cela me paya tout juste le racommodage d'une paire de bottines, qui prenait l'eau par trois ouvertures.

Hugues Le Roux. — LE CHEMIN DU CRIME. — Victor Havard, éditeur. Paris. 1889. In-12.

La Ruche de Divorcées parut au moment même où monsieur Henry Meilhac écrivait sa comédie de *Pepa*. Il fut très surpris de savoir qu'une maison qu'il pensait avoir imaginée existait vraiment à Paris. Il me demanda de lui en faire peindre le décor. Ce fut Jules Garnier qui lava cette aquarelle sur mes indications. On la retrouverait dans les cartons de M. Meilhac.

Hugues Le Roux. — L'AMOUR INFIRME. — G. Charpentier et Cie, éditeurs. Paris. 1889. In-12.

A Madame Paul Eudel, hommage respectueux.

L'Amour infirme, de tous mes livres celui qui m'est le

plus cher. C'est peut-être parce qu'il a plu à bien peu de gens. Les parents ont toujours une faiblesse pour l'enfant disgracié.

Charles Leroy. — LES FREDAINES DU COMMANDANT VERMOULU. — Ernest Kolb, éditeur. Paris. In-12.

Souvenir bien cordial de son tout dévoué.

Charles Leroy. — LE COLONEL RAMOLLOT. — C. Marpon et Flammarion. Paris. In-8.

Vous me demandez comment j'ai eu l'idée d'écrire *Le Colonel Ramollot*. Si vous saviez comme c'est simple, vous en seriez honteux pour moi.

Vers 1873 ou 74, étant rédacteur au *Tintamarre*, je devais, naturellement, y fournir des nouvelles, et un jour, cherchant que faire, je trouve ce mot bête : Ils s'appellent donc tous Pinteau dans cette famille-là.

Sur quel dos fourrer le mot ? On avait tant ridiculisé les notaires, les concierges, etc., que je crus pouvoir le mettre sur un militaire.

Quel militaire ? Bah ! mon colonel.

Quel nom lui donner ? Cet homme est ramolli, eh bien ! mettons Ramollot.

L'article resta trois mois sur marbre. Enfin, on le publia et — le monde est tellement indulgent, quoi qu'on dise — qu'il eut du succès.

On m'en demanda d'autres, j'écrivis *La Musique*, *Le Tableau d'avancement*, etc., et quand je crus pouvoir publier le *Colonel*, on me refusa net à trente-six places. C'est Flammarion qui, à la suite d'une soirée où j'avais dit quelques-unes de ces fantaisies, me demanda à publier ce pauvre *Colonel*.

Et voilà pourquoi des malins m'ont traité de Prussien. Pardonnez-leur, car je suis plus sûr que n'importe qui, qu'ils ne savent ce qu'ils disent.

Et voilà, mon cher Eudel, tout le mystère.

Jules Lévy. — CHIQUEVILLE-SUR-MER, dit par Galipaux. — Barbré, éditeur. Paris. 1881. Brochure.

Note de l'éditeur : Ce monologue à çà d'agréable qu'on peut l'appeler impunément Trouville-s-mer, Villers-s-mer, Arcachon, etc., etc.

Jules Lévy. — ESTELLE AU LANSQUENET, comédie de salon en un acte. — A. Taride, libraire. Paris. 1882. Brochure.

Hommage de l'auteur.

Paul Lheureux. — UNE LANGUE. — Librairie Marpon et Flammarion. In-12.

Cher Monsieur,

Ce livre réclame un coin en votre bibliothèque ; ce n'est pas un hommage, c'est mieux : un souvenir.

Paul Lheureux. — LA SOURCE. — Barbré, éditeur. Paris. 1881. Brochure.

Hommage de bonne confraternité littéraire, et en souvenir de la charmante hospitalité accordée à *la Source*, le 15 mars 1892, aux *Fantaisies Eudel*.

Paul Lheureux. — LA CLEF. — Barbré, éditeur. Paris. 1883. Brochure.

Hommage d'un auteur qui, pour faire une bonne dédicace, n'a pas encore trouvé la clef.

Paul Lheureux. — LA MUSE HISTORIQUE. — Gazette rimée. Janvier 1883. Librairie Vanier.

Monsieur,

Voulez-vous me permettre d'attirer votre attention sur le

1er numéro d'une *Gazette Rimée* dont j'entreprends la publication...

J'ose encore cette fois espérer un bon accueil à la tentative que je fais de restituer la *Muse historique* de Loret.

Paul Lheureux. — AU JARDIN DES PLANTES. — Paul Ollendorff, éditeur. Paris. 1883. Brochure.

I

Encore un monologue,
Fi ! l'horreur !...
S'exclame d'un ton rogue
Le lecteur.

II

Non pas, mais fantaisie
D'un moment ;
Un brin de poésie
Simplement.

Paul Lheureux. — P'TIT CHÉRI. — Frinzine, Klein et Cie, éditeurs. Paris. In-12.

Offert par les éditeurs.

Voici un nouveau venu un peu étrange, un peu brutal même.

Je ne sais ce que le sort lui réserve, mais j'ai pensé que, peut-être, vous pourriez le présenter ou le faire présenter aux lecteurs du *Figaro*.

Paul Lheureux. — DISONS DES MONOLOGUES. Paris. Paul Ollendorff, éditeur. 1886.

Hommage bien affectueux. On a tant dit de vers chez le bienveillant Eudel, que je vais essayer aujourd'hui de me glisser discrètement, en évitant d'attirer l'attention.

J'ai le printemps pour excuse.

Marcel L'Heureux. — LA POSSESSION, *suivi*

de Blanche Domény. — G. Charpentier et E. Fasquelle, éditeurs. Paris. 1888. In-12.

A Paul Eudel, son cousin.

Pitre de Lisle. — La Bretagne Primitive. — Imprimerie Prud'homme. St-Brieuc. 1882. In-8.

Hommage tout dévoué.

Georges Lorin. — Têtes et Chapeaux, dit par Galipaux. — Barbré, éditeur. Paris. 1880. Brochure.

Georges Lorin a coiffé pas mal de yeux avec ses *Têtes et Chapeaux*. F. G.

Georges Lorin. — Les Gens, dit par Galipaux. — Paul Ollendorff, éditeur. Paris. 1882. Brochure.

Tout passe, tout casse, tout lasse.
Larmartine réédité par F. G.

Georges Lorin. — Paris Rose. — Paul Ollendorff. Paris. 1884. In-12.

Au charmant écrivain, à l'affable ami, son fidèle.

Georges Lorin. — L'Ame Folle. — Paul Ollendorff, éditeur. Paris. 1893. In-12.

Sympathique hommage de son vieux Georges Lorin.

Henri Magny fils. — Croquis Bourbonnais. — Imprimerie V. de Courmaccul. Nantes. 1863. Brochure.

A mon ami Paul Eudel fils, je dédie cette œuvre, comme un témoignage bien faible de mon affection fraternelle.

H. Magny fils. — MAURICE A VOL D'OISEAU EN 1882. — Ile Maurice. Imprimerie de *The Marchants and Planters gazette.* 1882. In-12.

Souvenir d'amitié de son collaborateur à Saint Pierre.

Thomas Maisonneuve. — CRITIQUE D'ART. — Imprimerie du Commerce. Nantes. 1887. Brochure.

Hommage respectueux d'un mauvais salonnier.

Thomas Maisonneuve. — LES PRINTANIÈRES. — Librairie des Bibliophiles. Paris. 1887. In-12.

Son toujours reconnaissant.

Thomas Maisonneuve. — CHANSONS DOUCES. — Librairie des Bibliophiles. Paris. 1890. In-12.

Au cher M. Eudel, en le remerciant de la bienveillante sympathie qu'il a bien voulu me montrer toujours.

Thomas Maisonneuve. — SOUVENIRS DE ROUTE. — Imprimerie Simon. Rennes. 1893. Brochure.

Pour Paul Eudel.

VITRAIL

Jésus-Enfant sourit à la Vierge Marie
parmi les plombs massifs de ce très-vieux vitrail.
C'est un prodigieux et patient travail
où, gerbe de rayons, la clarté s'est fleurie.
Il met une auréole où brille une féerie
de couleurs, un abbé vêt un rouge camail
aux pieds de l'Enfant-Dieu, qui ramène au bercail
les êtres égarés dont l'âme s'est marrie.

Au loin, dans les blancheurs laiteuses des Sions,

de grands lis enlacés s'assemblent en sillons
pour la Glane céleste en l'Eveil des Etoiles.

Et de l'humble chapelle à l'autel déserté,
il est l'apothéose, et fait glisser aux moelles
le radieux frisson de la Divinité.

THOMAS MAISONNEUVE.

Magana Manjon. — EN QUEUE DE POISSON. — Ferrer, éditeur. Paris. 1889. Brochure.

Confiant dans votre bienveillance, je prends la liberté de vous adresser ces quelques lignes et le petit travail littéraire ci-joint, vous priant de bien vouloir l'accepter, au prix d'un franc...

Gabriel Marc. — LES BEAUX-ARTS EN AUVERGNE ET A PARIS (1868-1889). — Alphonse Lemerre, éditeur. Paris. 1889. In-12.

Permettez-moi de vous envoyer mes *Beaux-Arts en Auvergne*. Quelques paysages vous intéresseront et vous y trouverez des vers sur la foire de Latour, de cet excellent Jundt, que j'ai connu et qui s'était fait inscrire, avec Bartholdi, à la réunion de la *Soupe-aux-Choux*, un peu ma fille.

E. Mareuse. — DESCRIPTION DE PARIS. — Société de l'*Histoire de Paris*. Paris. 1896. Brochure.

Souvenir de son dévoué collègue.

Paul Margueritte. — PIERROT ASSASSIN DE SA FEMME. — Paul Schmidt, éditeur. Paris 1882. In-12.

En même temps que ce mot, je confie à la poste un exemplaire devenu très rare de *Pierrot assassin de sa femme* (édition épuisée, elle est de 1882).

Paul Margueritte. — AMANTS. — Ernest Kolb, éditeur. Paris. 1889. In-12.

Hommage de l'auteur.

Charles Marionneau. — DESCRIPTION DES ŒUVRES D'ART QUI DÉCORENT LES EDIFICES PUCLICS DE LA VILLE DE BORDEAUX. — A. Aubry, libraire. Paris. 1861. In-4°.

Dixième et dernier exemplaire du format in-4°, que j'avais réservé pour M. Paul Eudel, en souvenir de nos bonnes relations.

Charles Marionneau. — MONTESQUIEU CONSIDÉRÉ COMME CRITIQUE D'ART. — E. Plon et Cie, Paris. 1882. Brochure.

... Je ne me souviens pas si je vous ai envoyé mon *Montesquieu*. Si oui, disposez en faveur de qui vous plaira du 2e exemplaire que je mets à la poste.

Charles Marionneau — VERBERCK ET FRANCIN. — Typographie E. Plon, Nourrit et Cie. Paris. 1883. Brochure.

Au chroniqueur de l'*Hôtel Drouot*.

Charles Marionneau. — LES VIEUX SOUVENIRS DE LA RUE NEUVE A BORDEAUX, PAR UN VIEIL ENFANT DE CETTE CITÉ. — Librairie Hoquet. Bordeaux. 1890. Brochure.

A mon ami, l'aquitain greffé sur breton.

Caristie Martel. — CÉLIMÈNE AUX ENFERS. —

Tresse et Stock, libraires-éditeurs. Paris. 1895. Brochure.

Hommage bien sympathique.

Jules de Marthold. — LE JARGON DE MAISTRE FRANÇOIS VILLON. — Revue *La Plume.* Paris. Brochure.

Son collabo et ami.

Roger Marx. — HENRI REGNAULT. — J. Rouan, éditeur. Paris. Album in-8.

Affectueux hommage.

Roger Marx. — L'ART A NANCY, EN 1882. — Paul Ollendorff, éditeur. Paris. 1883. In-12.

A mon bien cher confrère, j'offre cette petite variété comme un témoignage de vive sympathie.

Emile Mathieu. — UNE VRAIE BOUILLABAISSE, dite par Galipaux. — A. Taride. Paris. 1883. Brochure.

Nourrissez votre esprit avec *Une vraie Bouillabaise.*

A. Matthey. — LE MARIAGE DU SUICIDÉ. — G. Charpentier, éditeur. Paris. 1881. In-12.

Ce roman a été écrit à Genève, en 1880, pendant les dernières années de mon exil. C'était mon cinquième, car j'avais plus de 45 ans lorsque les circonstances me contraignirent à m'occuper de ce genre, auquel je n'avais jamais pensé.

Un fait divers me donna l'idée première, ou plutôt le point de départ du *Pendu de Baumette.*

J'avais lu dans un journal qu'un jeune homme ayant quitté sa femme, le lendemain de la nuit de noces, sans en faire connaître les motifs, et étant parti pour l'Espagne, pendant que sa femme restait en France à Bordeaux, je crois, le corps du dit jeune homme avait été ramassé dans les rues de Madrid, percé de coups de poignard, deux jours après.

C'est sur ce fait que mon imagination travailla et que je construisis le drame qui remplit ces deux volumes.

Les types des principaux personnages ne sont pas entièrement de fantaisie. Un écrivain connu, mort depuis, m'a fourni quelques traits, au point de vue moral et même physique pour l'abbé Pitou, de même que je songeai plus d'une fois, en peignant Renée, à une jeune fille dont la mère avait sa petite célébrité sous l'Empire.

Ni l'écrivain, ni la jeune fille, cela va sans dire, n'ont commis les actes prêtés par moi à mes deux héros, mais qui eussent pu être dans la logique de leur nature — si la vie réelle n'était pas, le plus souvent, en contradiction avec la logique absolue.

Quant aux personnages et aux tableaux de mœurs appartenant à la Sardaigne, ils sont des plus exacts, et pour les peindre, je me suis servi de mes souvenirs et de mes observations pendant le séjour que je fis en Sardaigne à mon retour de l'Amérique du Sud.

Voici, je l'espère, de quoi vous satisfaire.

A. Matthey et B. Millanvoye. — En Cage. — Librairie du Carillon. Paris. 1895. Brochure.

A mon collaborateur et ami, affectueusement.

Guy de Maupassant. — Le Rosier de Madame Husson. — Librairie Moderne. Paris. 1888. In-12.

Offert par l'auteur.

Alph. Maze-Sencier. — Le Livre des Collectionneurs. — Librairie Renouard. Paris. 1885. In-8.

Très cordial souvenir.

Olivier Merson. — Histoire et Description du Musée de Nantes. — E. Plon, Nourrit et Cie, éditeurs. In 4°.

Voici l'objet. Je doute que vous entreteniez avec lui un long commerce ; mais, en le parcourant, vous y trouverez quelques nouveautés. Il y en a une intéressante à l'*Ecole Flamande*, au nom de Bockhorst, et une autre à *Sculpture, Ecoles d'Italie*, au nom de Laboureur (portrait de Napoléon Ier). A l'occasion, je vous serai obligé de me dire votre avis sur l'ensemble de ce travail, sérieusement fait, comme il est aisé de le voir.

Olivier Merson. — Les Logements d'Artistes au Louvre. — A. Quantin, libraire. Paris. 1881. Brochure.

Souvenir cordial.

Marius Michel. — L'Ornementation des Reliures modernes. — Marius Michel et fils. Paris. 1889. In-8.

Hommage de l'auteur.

Ambroise Milet. — Notice sur D. Riocreux. — J. Rouam, imprimeur-éditeur. Paris. 1883. In-8.

Hommage de l'auteur.

B. Millanvoye. — Le Dîner de Pierrot. — Alphonse Leduc, éditeur. Paris. 1893. Brochure In-4°. Partition.

Cordial hommage de son ami.

M. Bertrand Millanvoye. — Le Dîner de

PIERROT. — Tresse et Stock, éditeurs. Paris. 1893. Brochure. Livret.

A mon ami et collaborateur, souvenir affectueux.

Mitsui et Cie. — LE PAPIER AU JAPON, par Philippe Burty. — Imprimerie de l'Art. Paris. Brochure.

A mon ami Eudel, japoniste en herbe.

Charles Monselet. — LA LORGNETTE LITTÉRAIRE. — Poulet-Malassis et de Broise, éditeurs. Paris. In-8.

Voici ce livre, peu commun, et qui fit jadis un certain bruit dans le Landerneau littéraire.

Ch. Monselet. — RÉTIF DE LA BRETONNE. — Aug. Aubry, libraire. Paris. 1858. In-12.

Il y a eu une première couverture de ce livre au nom d' « Alvarès fils, éditeur, rue de la Lune ». C'est un restant d'édition qui fut vendu au libraire Aubry, et pour lequel celui-ci fit faire une nouvelle couverture. Malgré cette transmission, le livre est devenu très rare.

Ch. Monselet. — LES TRÉTAUX. — Poulet-Malassis et de Broise, éditeurs. Paris. 1859. In-12.

Je suis allé moi-même, dans le temps, à Alençon, pour surveiller les épreuves de ce livre, un de ceux de la collection Poulet-Malassis qui se sont le plus vite écoulés.

Charles Monselet. — THÉATRE DU FIGARO. — Ferd. Satorius, éditeur. Paris. 1861. In-12.

Offert par son dévoué confrère.

Charles Monselet. — GASTRONOMIE. — Charpentier et Cie, éditeurs. Paris. 1874. In-12.

A l'ingénieux et spirituel auteur de l'*Hôtel Drouot*, son dévoué.

Charles Monselet. — SCÈNES DE LA VIE CRUELLE. — Michel Lévy frères, éditeurs. Paris. 1875. In-12.

Envoi amical.

Charles Monselet. — LA REVUE SANS TITRE. — Bachelin-Deflorenne. Paris. 1877. In-16.

J'offre cette babiole à mon cher confrère. — Cette pièce eut un succès modéré et tint l'affiche pendant un mois environ.

Charles Monselet. — LE PETIT PARIS. — E. Dentu, éditeur. Paris. 1879. In-12.

A l'ingénieux polygraphe.

Charles Monselet. — UNE TROUPE DE COMÉDIENS. — Tresse, éditeur. Paris. 1879. In-12.

Témoignage affectueux. — Ce livre, pour lequel j'ai une sympathie particulière, a des apparences de campagne politique.

Charles Monselet. — JOLI GILLES. — Calman Lévy, éditeur. Paris. 1884. In-12.

Voici le matin, la grive a chanté.

Charles Monselet. — ENCORE UN ! — Frinzine et Cie, éditeurs. Paris. 1885. In-12.

Bonne amitié.

Charles Monselet. — PETITS MÉMOIRES LITTÉRAIRES. — G. Charpentier et Cie, éditeurs. Paris. 1885. In-12.

Bonne amitié.

André Monselet. — CHARLES MONSELET. — Emile Testard, éditeur. Paris. 1892. In-8.

Respectueux et cordial hommage. — Permettez-moi de vous envoyer ce volume consacré à la mémoire de mon regretté père..... Comme je sais que vous vous intéressez, à titre de Breton, à l'écrivain dont je cherche aujourd'hui à sauvegarder la renommée, je crois de mon devoir de vous réserver cet exemplaire d'une publication particulièrement réservée aux bibliophiles et aux délicats : c'est pour ceux-là que j'ai travaillé en visant à les satisfaire.

Edouard Montagne. — LE MANTEAU D'ARLEQUIN. — A. Lacroix, Verboeckhoven et Cie, éditeurs. Paris. 1866. In-12.

De 1854 à 1866, j'avais fait représenter à Paris un grand nombre de pièces de théâtre et j'avais récolté sur ma route une certaine quantité d'anecdotes plus ou moins amusantes sur la matière.

J'ai réuni ces souvenirs, tantôt dans *L'Indépendance dramatique*, sous cette rubrique : *Les mille et un faits du monde dramatique ;* tantôt dans *Le Nain jaune*, sous le titre : *Place au Théâtre ;* dans *Le Gringoire*, enfin, où ils s'appelaient, de par Jahier : *Indiscrétions de Thalie*.

Si j'en excepte ma première communion et mon mariage, le volume : *Le Manteau d'Arlequin*, qui fut mon premier, fut également — ici, j'en appelle à M. Joseph Prud'homme — le plus beau jour de ma vie. Il n'eut pas de succès, mais il fait prime aujourd'hui. Voilà ma vengeance.

Edouard Montagne. — LA REVANCHE DE

COLOMBINE. — Librairie des Bibliophiles. Paris. 1879. Brochure.

Il me serait bien impossible de me rappeler pourquoi et dans quelle situation d'esprit j'ai écrit : *La Revanche de Colombine*. Un de mes bons amis qui compose d'excellente musique : Georges Douai, avait écrit toute une partition encore inédite pour ce poème, et il est grand dommage qu'il ne se soit pas rencontré un directeur de théâtre pour la faire entendre au public.

Edouard Montagne. – LES PANTINS — Morris père et fils, typographie. Paris. 1880. Brochure.

« Ce m'est venu de nuit en entendant chanter le roussignou » répond le tambourinaire d'Alphonse Daudet.

A moi aussi « ce m'est venu de nuit » pendant une insomnie. Cela m'a rapporté un prix de 2500 francs, et un million d'ennuis. On n'a jamais traîné dans une boue plus liquide un malheureux homme de lettres ; la colère des journalistes en fut extrême ; celle de Victorin Joncières fut telle qu'il confondit Léandre avec Clytandre ; et se montra le plus ignorant des musiciens, après Reyer.

Edouard Montagne. — LE ROMAN D'UN EPICIER. — E. Dentu, éditeur. Paris. 1882. In-12.

En ce temps-là, j'étais gai, et j'écrivais beaucoup plus pour ma propre satisfaction que pour celle du public. De là : le *Roman d'un Epicier* qui, dans le principe, devait être un livre de science professionnelle. On ne s'en douterait guère aujourd'hui.

Il s'est produit pour lui le même phénomène que pour les autres : d'aucuns l'ont trouvé fort amusant et d'autres absolument idiot.

Evidemment ce sont les premiers qui possèdent la meilleure vue et le plus sain jugement.

Edouard Montagne. — LA FEUILLE A L'ENVERS.

— Ed. Monnier et Cie, éditeurs, 16, rue des Vosges. Paris. 1885. In-8.

Oui, au fait, pourquoi donc ai-je écrit ce livre ? Pour moraliser les masses peut-être, ou, peut-être aussi pour prouver au voisin que j'avais plus d'esprit que lui.

Le fait réel, c'est qu'il existe, et que des esprits moroses m'ont reproché de l'avoir mis au monde.

Eh ! mon Dieu ! s'il suffisait du succès pour justifier la fin, je dirais que l'édition à deux mille est absolument épuisée ; mais cela ne contenterait que l'éditeur. (Il s'est rattrapé depuis par plusieurs faillites, encore bien qu'il ne m'ait jamais repris d'autres volumes.

Par pruderie, direz-vous ? Non ! parce qu'il n'a pas trouvé celui-ci assez salé. Que lui fallait-il donc ?

Ceux de Mlle Rachilde : *la Feuille à l'envers* lui paraissait vieux jeu.

Je vous l'offre, avec toutes mes amitiés.

Edouard Montagne. — Les Affamés de Londres. — M. Frinzine et Cie, éditeurs. Paris. 1886. In-12.

Hommage à mon cher ami et confrère.

J'ai été fort étonné, en lisant le procès de Spa-Field, qui fut, en somme, une simple émeute à Londres, de trouver une telle analogie avec les événements de la Commune de 1871, que l'idée me vint presque aussitôt d'en raconter les faits principaux sous la forme d'un roman historique.

La plupart des personnages ont existé, notamment Thistlvood, les frères Watson, Jeane Reapert, Mary Hunt et son père, Francis Burdett, etc.

Mon passage à Londres, en 1879, m'a permis de visiter les quartiers de la ville où s'étaient passés les événements de ce drame et d'en retracer la physionomie avec la plus scrupuleuse exactitude.

Edouard Montagne. — Les Amants de

MADAME FERRIER. — E Dentu, éditeur. Paris. 1888. In-12.

Les *Amants de Madame Ferrier* furent une comédie en cinq actes, reçue d'abord au Vaudeville, rendue à l'auteur, refusée à l'Odéon, et finalement arrangée en un roman.

Si jamais la pièce est représentée, on ne manquera pas de répandre le bruit qu'elle est tirée du volume.

C'est ainsi qu'on écrit l'histoire.

Mellinet. — MOREAU, MAITRE EN FAITS D'ARMES. Vier, libraire. Nantes. 1886. Brochure.

Je vous envoie par ce courrier une brochure « Moreau » que Vier vient d'éditer.

Comme vous vous êtes occupé de Moreau, j'espère que cette réimpression vous intéressera....

Gabriel de Mortillet. — LE PRÉHISTORIQUE. — C. Reinwold, éditeur. Paris. 1883. In-12.

Envoi de l'auteur.

Dr A. Mosso. — L'ÉDUCATION PHYSIQUE DE LA JEUNESSE. — Félix Alcan, éditeur, Paris. 1895. In-12.

Hommage de l'auteur de la préface.

L. Moutin. — LE NOUVEL HYPNOTISME. — Perrin et Cie, éditeurs. Paris, 1887. In-12.

Envoi de l'auteur.

Eugène Müntz. — LA RENAISSANCE FRANÇAISE. E. Plon, Nourrit et Cie. Paris. 1890. Brochure.

Hommage cordial.

Ch. Nauroy. — BIBLIOGRAPHIE DES IMPRESSIONS MICROSCOPIQUES. — Charavay frères, éditeurs. Paris. 1881. In-18.

Pendant dix ans, je me suis tellement ennuyé dans une grande ville de province, qui passe pour être intelligente, que j'y collectionnais les ouvrages en 40 volumes in-8. Dans le Paris de M. Haussmann, les loyers sont si chers que je suis forcé de collectionner les impressions microscopiques. Ce petit livre m'a coûté beaucoup de peine, donné de grandes joies, et il s'en est vendu 125.

Ch. Nauroy. — LES SECRETS DES BOURBONS. — Charavay frères, éditeurs. 1882. Paris. In-12.

Ce livre m'a rapporté beaucoup d'injures, a fait écrire des centaines d'articles de journaux et de revues, une douzaine de livres et de brochures, et ce n'est pas fini, je l'espère bien ; il est la cause directe et unique des revendications actuelles de la famille Naundorff.

Ch. Nauroy. — BIBLIOGRAPHIE DES PLAQUETTES ROMANTIQUES. — Charavay frères, éditeurs. Paris. 1882. In-18.

Ce petit livre a été fait entièrement à la Bibliothèque Nationale. Avant mes recherches, celle-ci ignorait complètement qu'elle possédât, en éditions originales, autant de plaquettes romantiques. On a donc profité de mon travail pour les classer dans la réserve.

Il s'est vendu un exemplaire sur Japon de ce livre, j'ignore à qui ; je vous offre le second.

Ch. Nauroy. — LES DERNIERS BOURBONS. — Charavay frères, éditeurs Paris. 1883. In-12.

Autant le prédécesseur de ce livre a soulevé de discussions, autant celui-ci en a peu excité. A son occasion, Louis Ulbach a dit que j'aurais peut-être un jour des révélations à faire sur le comte de Chambord, il s'est trompé. Ce livre a paru en juin, le comte de Chambord est mort en août, son titre est, dès lors, devenu deux fois épigrammatique.

S. de la Nicollière-Teijeiro. — Jeanne de Rays. — Forest et Grimaud, éditeurs. Nantes. 1863. Brochure.

Souvenir amical de son très reconnaissant collègue.

Charles Nodier. — Trilby. — Société des Amis des livres. Lyon. 1887. Edition tirée à 45 exemplaires pour les membres de la société.

Exemplaire imprimé pour Rubatel, membre de la Société des Amis des Livres de Lyon. Offert à Paul Eudel.

Paul Nogent. — Plan-Catalogue complet du musée du louvre. — Imprimerie Balitout, Questroy et Cie, Paris. 1882. In-12.

Souvenir très amical d'une ancienne collaboration et jalon d'une nouvelle.

J. Noulens. — Artistes. — Français et érangers au salon de 1886. E. Dentu, libraire-éditeur, Paris. 1887. In.12

Envoi confraternel.

H. Pancrieu et F. Galipaux. — Sur les Mains. — Paul Ollendorff, éditeur. Paris. 1883. Brochure.

A mon ami, *son dévoué F. Galipaux, l'un des coupables.*

Pech de Cadel. — Le Cor. — Barbré, éditeur. 1880. Brochure.

Le Cor fait ordinairement mal, ce *monologue* fait du bien

à ouïr !... à la condition qu'il soit *dit par* Félix Galipaux, autrement !!!

Paul Perret. — L'Adour, la Garonne et le Pays de Foix. — H. Oudin, éditeur. Paris. 1884. In-8.

A mon compatriote et confrère.

Alex. Perthuis et S. de la Nicollière. — Armoiries de la Ville de Nantes. — H. Charpentier, imprimeur. Nantes. 1870. In-8.

Témoignage d'amicale gratitude.

Alexandre Perthuis. — Les Jetons des maires de Nantes. — Imprimerie And Guiraud et Cie. Nantes. 1858. Brochure.

Les onze médailles gauloises et la brochure très rare que je vous adresse sont indivises ;

Elles valent pour moi : l'un des bracelets que vous savez et le coffret en fer, ou le casque à ergot. J'aurais dû écrire *et* au lieu de *ou*, mais n'ergotons pas. Je vous souhaite toute réussite dans vos échanges.

Dr C-A. Petit. M. D. Paris. — Guide médical aux Eaux de Royat. — Octave Doin, éditeur. Paris. In-18.

Bon souvenir.

Jules Philipot. — Traité populaire d'Harmonie de Composition et d'Orchestration. — Marpon et Flammarion, éditeurs. Paris. 1890. In-4°.

Hommage et souvenir affectueux à Monsieur et Madame Eudel.

Voilà l'enfant annoncé ! Si vous le trouvez bien venu et

digne d'intérêt, je vous serais infiniment obligé de lui prêter aide et assistance, au moment de sa présentation dans le monde...

Bon J. Pichon. — VIE DE CH. HENRY, COMTE DE HOYM. — Techener, libraire. Paris. 1880. In-8.

Offert par son dévoué serviteur et ami.

Félix Platel. — PORTRAITS D'IGNOTUS. — Imprimerie Cochet. Meaux. 1878. In-8.

A mon compatriote, bien affectueux souvenir.

Arthur Pougin. — LE THÉATRE A L'EXPOSITION UNIVERSELLE DE 1889. — Librairie Fischbascher. Paris. 1890. Brochure.

Bien cordialement.

Denis Poulot. — LE SUBLIME. — Rouvier et Lageat. Paris. A. Lacroix, Verboeckoven et Cie, Paris. 1872. In-12.

Hommage de l'auteur.

Prévost-Paradol. — LA FRANCE NOUVELLE. — Lévy frères, éditeurs, Paris. 1868. In-12.

Souvenir reconnaissant de l'auteur.

Quentin-Bauchard. — CATALOGUE DE LIVRES PRÉCIEUX. — Adolphe Labitte, libraire. Paris. 1881. Brochure.

Permettez-moi de vous offrir un exemplaire sur hollande de ce catalogue dont vous avez parlé avec tant de bienveillance dans votre joli livre sur l'Hôtel Drouot et veuillez agréer, avec mes remerciements, l'expression de mes sentiments les plus distingués.

Ernest Quentin-Bauchard. — LES FEMMES BIBLIOPHILES DE FRANCE. — Damascène Morgaud, libraire. Paris. 1886. In-8.

Souvenir affectueux de l'auteur. — Morgaud a dû vous faire remettre un exemplaire de mon livre *Les Femmes bibliophiles de France* que j'ai pris la liberté de vous offrir. Cette publication, qui est dédiée à notre ami le baron Pichon, n'est pas sans intérêt, et je me permets de la recommander à votre bienveillante attention.

Ernest Quentin-Bauchard. — A TRAVERS LES LIVRES. — E. M. Paul, L. Huard et Guillemin. Paris. 1895. In-12.

Permettez-moi de vous adresser la petite bluette « à travers les livres » où vous retrouverez l'histoire du *Charles-Quint* que je vous ai livrée quand vous vous occupiez du *Truquage* et que vous avez si joliment raconté...

E. Rameau. — ACADIENS ET CANADIENS. — A. Jouby, éditeur. Paris. 1859. In-8.

Si vous aviez besoin, au sujet des Canadiens ou de toute autre population française de l'Amérique, de renseignements et de documents, veuillez vous rappeler que je me ferai toujours un plaisir de me mettre à votre disposition.

Erastène Ramiro. — L'ŒUVRE GRAVÉ DE FÉLICIEN ROPS. — Librairie Conquet. Paris. 1887. In-8.

Au fin connaisseur et à l'éminent critique, hommage de l'auteur.

Dr Lucien Raynaud. — UN MOIS DANS L'AURÈS. — Imprimerie Remordet. Alger. 1892. Brochure.

Hommage et souvenir de son bien dévoué.

Alfred Rébelliau. — BOSSUET HISTORIEN DU PROTESTANTISME. — Librairie Hachette et Cie. Paris. 1891. In-8.

Hommage amical d'un compatriote et confrère.

Félix Régamey. — OKOMA. — E. Plon et Cie, éditeurs. Paris. 1883. Album in-4°.

Offert par l'auteur à la Tombola de la Société des Gens de Lettres.

Echu à M. Paul Eudel, lors du tirage de la Tombola.

Elie Remignard. — CHANSONS. — Paris. Au bureau de l'*Eclipse*, 16, rue du Croissant. 1870. In-12.

A M. Eudel.

LE XIX° SIÈCLE

AIR : **Cœtamini**

1

Petit-fils de Voltaire,
que j'ai lu, médité,
du chef de mon grand-père,
je hais l'autorité.
A bas l'autorité !
Vive la liberté !

2

Fils de Quatre-vingt-treize,
sur mon front indompté,
le sang de Louis Seize
n'a-t-il donc pas sauté ?
A bas l'autorité !
Vive la liberté !

3

De leur grand héritage
je veux être doté ;
on me nie en vain l'âge
de ma majorité.
A bas l'autorité !
Vive la liberté !

4

Non, ni tuteur, ni maître ;
j'ai bien trop supporté
empereur, soldat, prêtre
et bourreau patenté.
A bas l'autorité !
Vive la liberté !

5

D'un Dieu de fantaisie
le ciel est la cité :
cherchons, sous ce sosie,

le Dieu de vérité.
A bas l'autorité !
Vive la liberté !

ELIE REMIGNARD.

Nantes, le 6 Janvier 1871.

Richard (du Cantal). — NOTE SUR L'AGRICULTURE ET LES REMONTES DE L'ARMÉE. — Imprimerie de la Société de Typographie. Paris. 1887. Brochure.

A M. Paul Eudel, membre du Comité de la Société des Gens de Lettres, hommage.

Léon Riffard. — CONTES ET APOLOGUES. — Librairie Hachette et Cie. Paris. 1886. In-8.

Hommage de l'illustrateur.

Mme Adeline Riom. – LES ADIEUX. — Alphonse Lemerre, éditeur. 1895. In-12.

Témoignage de confraternité littéraire et bretonne.

Ris-Paquot. — L'ART DE BATIR, MEUBLER ET ENTRETENIR SA MAISON. — Henri Laurens, éditeur. Paris. In-8.

Au picard Paul Eudel, le picard Ris-Paquot.

Ris-Paquot. — ANNUAIRE ARTISTIQUE DES COLLECTIONNEURS. — Librairie Raphaël Simon. Paris. 1879. In-12.

Vous remercier de toute la sympathie que vous m'avez portée pendant l'élaboration de l'*Annuaire des Collectionneurs* serait peu, si je n'en conservais dans mon cœur un profond souvenir.

Je vous serai donc, Monsieur, toujours reconnaissant, tant au nom de mes lecteurs qu'en mon nom personnel, de tous les renseignements que vous avez bien voulu nous communiquer dans l'intérêt d'une science et d'un art dont vous êtes vous-même un des plus fervents disciples.

Henri Rivière. — LA TENTATION DE SAINT-ANTOINE. — E. Plon, Nourrit et Cie, éditeurs. Paris. 1888. Album.

En souvenir des *Ombres chinoises de mon père*, souvenir très reconnaissant.

Alfred Robaut. — L'ŒUVRE COMPLET DE EUGÈNE DELACROIX. — Charavay frères, éditeurs. Paris. 1885. In-8.

Souvenir confraternel.

C. Robinot-Bertrand. — LES SONGÈRES. — Alphonse Lemerre, éditeur. Paris. 1877. In-12.

Cordial souvenir de l'auteur.

Octave et Raoul de Rochebrune. — LES TROGLODYTES DE LA GARTEMPE. — Eaux-fortes. Album. 1881.

A l'érudit collectionneur ; souvenir de sa visite au château de la Court.

Maurice Rollinat. — DANS LES BRANDES. — Librairie Sandoz et Fischbacher. Paris. 1877. In-12.

Souvenir bien cordial.

Maurice Rollinat. — LES NÉVROSES. — G. Charpentier, éditeur. Paris. 1883. In-12.

Rollinat vous a signé (avec dédicace) l'exemplaire japon désiré, nº 9. Je ne vous l'envoie pas pour ne pas le gâter par le transport et le tiens à votre disposition....

Paul Rouaix. — LES STYLES, *700 gravures classées par époques.* — Jules Rouam, éditeur. Paris. Album in-4°.

Aux enfants qui sont sages
On donne des images.

Témoignage d'affection et petit souvenir d'un voyage que nous devions faire ensemble.

J'ai mis dans le Louis XV la soupière de P. Germain à cause de sa date : mais c'est du Louis XVI, ne m'accusez pas d'erreur.

Paul Rouaix. — DICTIONNAIRE DES ARTS DÉCORATIFS. — Librairie Illustrée. Paris. In-8.

A l'ami, à l'historiographe de l'Hôtel Drouot, au passionné de l'argenterie de la Régence, petit hommage d'une sincère affection reconnaissante.

Paul Rouaix. — L'AGENT XIII 126. — Bourloton, éditeur. Paris. 1889. In-12.

A Madame Paul Eudel, petit témoignage de respectueuse amitié.

Alexis Rousset. — DÉRAILLÉS ET DÉCLASSÉS. — Imprimerie V. Giraud. Lyon. 2 vol. in-8.

...... Sous la forme d'un roman, et dans le cours d'une histoire parfaitement suivie, j'ai mis là les portraits d'une foule d'amis (morts pour la plupart, j'ai 85 ans), ma personne s'y trouve elle-même. Ce sont des peintures de mœurs parfaitement réelles, mais moins compromettantes qu'offertes dans des mémoires.

Sainte-Beuve. — LIVRE D'AMOUR. — Imprimerie de Pommeret et Guénot. Paris. 1843. In-12.

Ces vers sont de Sainte-Beuve, et ont été tirés à un petit nombre d'exemplaires presque tous détruits. J'ai la satisfaction de laisser celui-ci aux mains de mon ami Paul Eudel.

Sainte-Beuve — Troubat. — ŒUVRES DE SAINTE-BEUVE, *Préface de Jules Troubat.* — Alphonse Lemerre, éditeur. Paris. 1876. 2 vol.

A son ami, le légataire universel de Sainte-Beuve.

Le Comte de Saint-Jean. — LÉGENDES BIBLIQUES ET ORIENTALES. — Victor Palmé, libraire, rue des Saints-Pères. Paris. 1882. In-12.

Hommage d'un compatriote.

Mon petit livre vous est arrivé par la poste; je vous supplie de vouloir bien en lire quelques pages avant de le mettre aux rayons de votre bibliothèque.

Le Chêne, la Bretagne, St-Michel, avaient été imprimés pour le congrès breton, mais nous autres, poètes de province, nous avons grand besoin d'amis parisiens.

Rodolphe Salis. — CONTES DU CHAT NOIR. — Librairie Illustrée. Paris. In-8.

A nostre bon et cher voysin et grand scavant bibliophile, maistre érudit en la science des belles chaouses de jadis,

J'offre cettuy libvre escript à la fasson d'autrefoys.

Pour distraire les gens d'esprit et non les ord's puants matagots, parpaillots dont le dyable emporte l'âme et qui, au lieu d'aymer les belles lettres françoises font de la politique.

Charles Samson. — LES FOUS, monologue dit par Coquelin aîné. — Paul Ollendorff, éditeur. Paris. 1884 Brochure.

Cordial hommage de l'auteur.

Léon Sapin. — CATALOGUE DE LA BIBLIOTHÈQUE CHAMPFLEURY, avec une préface de Paul Eudel. — Léon Sapin libraire. Paris. 1890. In-8.

Offert par son dévoué collaborateur.

A. Sarradin. — EUSTACHE DES CHAMPS. — J. Baudry, libraire. Paris. 1879. In-12.

A mon ami, souvenir très affectueux.

O. du Sartel. — LA PORCELAINE DE CHINE. — Vve A. Morel et Cie, éditeurs. Paris. 1881.

Offert par l'auteur à son cher confrère.

Alice Sauvrezis, J. Ratisbonne. — DIX CHANTS DE COMÉDIE ENFANTINE. — Lemoine et Fils. Paris. Album in-4°.

Hommage respectueux.

D.-F. Scheurleer. — CATALOGUE DES LIVRES DE MUSIQUE. — Michel-Charles Le Cene, Amsterdam. 2 vol. in-8.

Envoi de l'auteur.

Schœlcher. — LE JURY AUX COLONIES. — L. Le Chevalier, éditeur. Paris. 1873. Brochure in-8°.

Souvenir.

Léon Séché. — JOACHIM DU BELLAY. — Librairie Académique Didier. Paris. 1880. Brochure.

Je profite de l'occasion pour vous envoyer une petite plaquette de moi qui peut-être vous intéressera.

Léon Séché. — CONTES ET FIGURES DE MON PAYS. — E. Dentu, éditeur. Paris. 1881. In-12.

Au plus parisien des Nantais de Paris.
A mon ami, souvenir du pays natal.

Léon Séché. — LA CHANSON DE LA VIE. — Librairie Emile Chevalier. Paris. 1887. In-12.

A mon ami, témoignage d'amitié et de confraternité. — J'ai le plaisir de vous envoyer un exemplaire de mon volume de poésies. Vous y trouverez votre nom en tête de la pièce de « l'Année Maudite » qui ouvre *les Griffes* du Lion. Vous voyez que je n'oublie pas mes amis.

Léon Séché. — JULES SIMON. — A. Dupret, éditeur. Paris. 1887. In-12.

A mon ami, très cordialement. — Je vous envoie un exemplaire de mon livre sur Jules Simon. Je crois que je tiens là un succès. J'ai déjà eu trois ou quatre beaux articles, et la vente va très bien.

Léon Séché. — LES ORIGINES DU CONCORDAT. — Librairie Ch. Delagrave. 2 volumes in-8.

En souvenir de notre vieille amitié.

Léon Séché. — LES DERNIERS JANSÉNISTES. — Perrin et Cie, éditeurs. Paris. 1891. In-8. 3 volumes.

A mon cher confrère et ami, cordialement et fidèlement *ex imo corde.*

Armand Silvestre. — UN PREMIER AMANT. — G. Charpentier et Cie, éditeurs. Paris. 1889. In-12.

A mon cher confrère et ami, hommage sympathique.

De Spoelberch de Lovenjoul (Vicomte). — HISTOIRE DES ŒUVRES DE THÉOPHILE GAUTIER. — G. Charpentier et Cie, éditeurs. Paris. 1887. In-8.

Hommage de l'auteur.

De Granges de Surgères (Marquis). — ŒUVRES DE LA ROCHEFOUCAULD. — Vincent Forest et Grimaud, imprimeurs. Nantes. 1881. Brochure.

Sympathique souvenir. — Je m'empresse de vous adresser, à titre de sympathique souvenir, un exemplaire d'un petit travail que je viens de publier et qui a été tiré à un nombre très restreint.

De Granges de Surgères. — LES PORTRAITS DU DUC DE LA ROCHEFOUCAULD, drame-scène. — Morgand et Ch. Fatout. Paris. 1882. In-8.

Cette petite page artistique, souvenir de vive sympathie et de sincère estime pour votre remarquable talent.

De Granges de Surgères et Gustave Bourcard. — LES FRANÇAISES DU XVIIIe SIÈCLE. — E. Dentu, éditeur. 1887. In-4°.

A vous, mon cher et affectionné Maître, qui m'avez ouvert la voie, recevez ce nouveau gage de ma profonde reconnaissance. J. BOURCARD.

Mon collaborateur, notre ami commun, Gustave Bourcard, m'informe qu'il a eu le plaisir de vous remettre, en notre nom, un exemplaire des « Françaises du XVIIIe Siècle » que nous sommes heureux de pouvoir vous offrir.

Si un deuil récent ne me retenait à Nantes, j'aurais été heureux de me joindre à lui pour vous porter notre livre.

SURGÈRES.

De Granges de Surgères. — LES PORTRAITS GRAVÉS DE RICHELIEU. — Chez l'auteur. Nantes. 1889 Brochure.

Offert à l'excellent amateur et critique d'art.

Victor de Swarte. — LES FINANCIERS AMATEURS D'ART. — E. Plon, Nourrit et Cie. Paris. 1890. In-8.

A mon ami, critique d'art, affectueux souvenir de l'auteur.

Henri Tessier. — LA MODE, Pièce en cinq actes en prose. — Michel Lévy, éditeurs, Paris. 1858. In-12.

Hommage de l'auteur à son vieil ami de Nantes.

Henri Teissier. — SA MAJESTÉ LE PRINTEMPS. — E. Dentu, éditeur. Paris. 1886. In-12.

Exemplaire tiré spécialement pour mon excellent ami.

Théo-Critt. — LA COLONELLE DURANTIN. — Paul Ollendorff, éditeur. Paris. 1884. In-12.

Vous demandez toujours une chose très difficile, mon cher Eudel : une dédicace qui ne soit pas ordinaire Eh bien ! je ne vais pas en faire du tout .et je me bornerai à vous dire qu'à l'époque où j'écrivis ce volume, je ne songeais pas au Comité des Gens de Lettres, je vous assure. Je préférais dormir sur l'herbe, à l'ombre, dans mon coin normand, au plaisir de discuter autour d'une grande table ornée d'un tapis vert. Aujourd'hui je suis blasé, j'ai besoin que l'on m'amuse. C'est pourquoi.... vous comprenez. Mais chut ! Bien à vous.

Théo-Critt. — LE SÉNATEUR IGNACE. — Paul Ollendorff, éditeur. Paris. 1887. In-12.

A mon très sympathique confrère, son tout dévoué.

Théo-Critt (Théodore Cahu). — LES PETITS POTINS MILITAIRES. — Paul Ollendorff, éditeur. Paris. 1888. In-12.

A mon très sympathique confrère, ce *petits potins* dont l'éclat de rire, s'il y en a un, n'est dû qu'à leur vérité.

Je n'ai rien inventé, j'ai simplement essayé d'être un bon sténographe.

Poignée de main d'un ardent boulangiste.

Théo-Critt. — Cantharinades. — E. Dentu, éditeur. Paris. 1888. In-12.

A mon confrère et ami, pour le délasser de ses luttes électorales, mais en le priant de ne lire ces pages immorales en partie que sous la lueur rose d'un large abat-jour.

André Theuriet. — Nouvelles Intimes. — Alphonse Lemerre, éditeur. Paris. 1870. In-12.

A mon cher collègue du Comité, affectueux souvenir.

Ce volume, publié en avril 1870, contient mes débuts en prose. Les trois nouvelles qui le composent ont toutes paru d'abord dans la *Revue des deux Mondes*. Les deux premières ont été très bien accueillies par le public ; la troisième, qui leur est inférieure de beaucoup, n'a pas été rééditée, lors de la réimpression du volume en 1884, dans la petite bibliothèque elzévirienne de Lemerre. Cette nouvelle édition comprend seulement l'*Abbé Daniel*, et *Claude Blouet* auxquels on a réuni *Bigarreau* et la *Saint-Nicolas*.

Edmond Thiaudière. — La Proie du Néant. Paul Ollendorff, éditeur. Paris. 1886. In-12.

Vous me priez de vous dire, mon cher ami, comment j'ai songé à écrire la *Proie du Néant*. Je n'y ai songé d'aucune manière. Ce livre s'est écrit pour ainsi dire tout seul, ayant filtré phrase à phrase de mon âme dolente pendant une période de dix ans.

Il n'est pas seulement vécu, il est souffert depuis la première ligne jusqu'à la dernière et cela saute aux yeux.

Néanmoins je ne sais quel criticule d'une revue importante a dit que l'auteur manquait de sincérité. Voilà un homme bien fin, n'est-il pas vrai ? Il me rappelle ce paysan de

Nouville-en-Poitou, lequel étant venu à Poitiers pour voir la ville, en fut empêché par les maisons.

Comme je me déclare pessimiste, il est bon que vous sachiez qu'il n'y'a rien de commun, si ce n'est le nom, entre mon pessimisme et celui de la jeune école romancière pour qui tous les hommes sont des gredins et toutes les femmes des gueuses.

Non, je fais remonter, moi, les responsabilités plus haut et je ne reconnais, à proprement parler, qu'un gredin : le *fatum* et qu'une gueuse : la Nature.

Quant au genre humain, j'estime qu'il renferme un assez grand nombre de bonnes et belles âmes et que le devoir du romancier serait de mettre surtout celles-là en lumière, ce qu'il ne fait guère.

Du pessimisme *alti generis* que je viens de définir, je ressentais déjà quelque chose à l'âge de dix-huit ans.

Il éclata dès mon premier roman paru en 1861, sous le titre de *Apprentissage de la Vie*, avec dédicace à la Mort et signé du pseudonyme d'Edmond Thy.

Vingt-cinq ans plus tard, il se condensa dans la *Proie du Néant*.

En pleine maturité, je pense comme je le faisais au seuil de la jeunesse. J'ai seulement pu vérifier ce que j'avais alors déviné de ce monde.

Mon chien Mosès et ma chienne Léa m'ayant donné et me donnant encore des instants de joie naïve et pure, je me suis passé la fantaisie de leur dédier ce livre.

Ce sont d'ailleurs des personnages que Mosès et Léa, et M. Victor Meunier a consacré leurs noms et leurs hauts faits dans son ouvrage : *Les Animaux perfectibles*.

Votre confrère et ami.

Albert Tinchant. — SÉRÉNITÉS. — Marpon et Flammarion, éditeurs, Paris. In-12.

A Monsieur Paul Eudel, très respectueusement.

ALBERT TINCHAUT.

Monseigneur et cher voysin,

Ce nostre bien secrétaire qui a le grand honneur de vous envoyer cettuy livre contenant de bien mirifiques poésies. —

Il ose espérer que vous en serez content, vous bon poëte et ami des poëtes.

Vostre féal recognaissant. RODOLPHE SALIS.

Jules Troubat. — PLUME ET PINCEAU. — Isidore Liseux, éditeur, Paris. 1878. In-12.

A mon ami. — Rien à rabattre encore aujourd'hui de ces pages sincères.

Jules Troubat. — LE BLASON DE LA RÉVOLUTION. — Alph. LEMERRE, éditeur. Paris. 1883. In-12.

A mon ami. — Un titre pris à Champfleury, mais des convictions toujours bien à moi.

Jules Troubat. — PETITS ETÉS DE LA CINQUANTAINE. — Alphonse Lemerre, éditeur. Paris. 1886. In-12.

A mon ami. — Dans un temps où tout le monde est poëte, je l'ai été à mon heure, et je vous offre ici le dernier exemplaire de mes Poésies (?), afin que vous ayez mes œuvres complètes. Si vous en rencontrez jamais un autre sur les quais, achetez-le 25 centimes et gardez-le moi.

Votre bien dévoué.

Jules Troubat. — NOTES ET PENSÉES. — Librairie de L. Sauvaitre. Paris. 1888. In-12.

A mon cher confrère et ami, ce supplément de notes et souvenirs, dont quelques-uns documentaires, qui lui donneront une plus complète connaissance de son tout dévoué.

Jules Troubat. — LE MONT GANELON, LE GRAND FERRÉ, JEANNE D'ARC ET GUILLAUME DE FLAVY. — A. Mennecier, imprimeur. Compiègne. 1889. Brochure.

A mon ami. — Pour l'inviter à venir à Compiègne.

Jules Troubat. — GAIETÉS DE TERROIR. — Imprimerie A. Mennecier.. Compiègne. 1890. Brochure in-12.

A mon ami, ces Locutions Languedociennes.

Jules Troubat. — SOUVENIRS DU DERNIER SECRÉTAIRE DE SAINTE-BEUVE. — Calmann Lévy, éditeur. Paris. 1890. In-12.

A mon cher confrère. — Il fallait que deux amis de Champfleury se rencontrassent, et que le fils du compatriote et du condisciple de Sainte-Beuve et le dernier secrétaire de l'illustre critique fussent attirés l'un vers l'autre et rapprochés par des lois et affinités naturelles qui créent les mutuelles sympathies.

Gustave Toudouze. — OCTAVE, scène de la vie parisienne au XIXe siècle, précédé d'une lettre à l'auteur par M. Alexandre Dumas fils. — Paris. H. Ladrech, éditeur. 1873.

A mon ami, ce roman de prime jeunesse, paru en novembre 1872 et commencé en avril 1870. Je vous le donne à titre de simple curiosité. (*Octave*).

La nouvelle qui l'accompagne et que j'ai intitulée *Une boutade Egyptienne*, est la première chose que j'aie écrite ; c'est en 1865 qu'elle a été commencée par votre serviteur, débutant de 19 ans, mais depuis longtemps affamé de littérature, car mes premiers débuts remontent au collège, vers la troisième (1862-1863), époque à laquelle d'indiscrets condisciples me chipèrent les petits romans que j'ébauchais dans le silence du pupitre. Lisez en courant et excusez les fautes de ce jeune présomptueux.

Votre tout dévoué confrère.

Gustave Toudouze. — LA SIRÈNE, Souvenir de Capri. — Paris. E. Dentu, éditeur. 1875.

A mon ami. — Encore un souvenir de mon voyage en Italie (1872). Quel pays et quels souvenirs ! J'en ai encore les yeux éblouis et le cœur ensoleillé ; Naples, la baie de Naples Capri ! Vous avez vu tout cela, et vous me comprendrez, vous, n'est-ce pas ?

Recevez donc cette *Sirène* chargée de vous porter mes enthousiasmes et de vous ensorceler. . . .

Votre confrère.

Gustave Toudouze. — LE COFFRET DE SALOMÉ, nouvelle vénitienne. Paris. Dentu. 1877.

A mon cher confrère, j'offre ce *Coffret de Salomé* avec l'espoir de plaire, si peu que ce soit, à la fois au littérateur et au collectionneur.

Deux voyages à Venise ont eu pour résultat ce livre, où j'ai essayé de mettre un reflet de ce que je sentais et de ce qui m'empoignait au milieu de cette ville unique, de cet écrin merveilleux à damner tous les artistes, tous les écrivains et tous les collectionneurs. J'ai peint d'après nature, voilà le seul mérite de ce petit volume que j'adresse plein de couleur, de soleil et de mouvement. Acceptez-le tel quel, et, si le collectionneur est sévère, que l'ami soit indulgent.

Gustave Toudouze. — LE CÉCUBE DE L'AN 79. — Paris. Auguste Ghio, éditeur. 1877.

A mon ami, hommage de cette petite fantaisie antique. Un doigt de Cécube dans un dé à coudre.

Gustave Toudouze. — MADAME LAMBELLE. — Ouvrage couronné par l'Académie Française. Paris Victor Havard, éditeur. 1882.

A mon ami, bien cordial souvenir de son dévoué confrère.

MADAME LAMBELLE est plutôt une histoire vraie qu'un roman. Tous les personnages existent, je les connais, je les vois souvent et je les aime. Je n'ai changé que les noms, les professions et les circonstances dans lesquelles les événements se sont produits, et encore bien peu ; c'est donc une œuvre sincère, vécue et soufferte à laquelle j'ai tout fait pour donner la vie où les apparences de la vie.

Gustave Toudouze. — LA SÉDUCTRICE, roman parisien. — Paris. Victor Havard. 1882.

A mon ami et cher confrère.

Ce roman, *La Séductrice*, bien que terminé avant la plupart de mes autres livres, n'a paru en librairie qu'après eux. *Habent sua fata libelli.* C'est donc en réalité le second roman que j'ai écrit par ordre de date. Il n'avait pas trop déplu à mon regretté maître Gustave Flaubert, qui l'avait lu en manuscrit en 1873 et en avait accepté la dédicace, il ne l'a pas relu imprimé, puisqu'il n'a paru qu'en janvier 1882, et je n'ai pu le dédier qu'à sa mémoire. Excusez donc les fautes et les faiblesses d'un auteur qui espère avoir prospéré depuis cette lointaine et jeune *Séductrice*.

Affectueusement à vous.

Gustave Toudouze. — LE VICE, mœurs contemporaines. — Paris. Victor Havard, éditeur, 1883.

A mon ami, en souvenir bien cordial.

Cette étude d'un absinthé est malheureusement vraie. Mon héros était un maître d'études du collège Sainte-Barbe que j'ai connu et qui, au quartier Latin, portait le sobriquet de *Bouton d'or*. Le véritable nom du pauvre diable était Boutonnet. Après l'avoir connu à Sainte-Barbe, étant enfant, je l'ai retrouvé à l'*Académie*, étant étudiant ; j'ai pris sur le vif tous les types dont je parle et je leur ai offert l'absinthe. J'ai mêlé son souvenir à d'autres souvenirs et mon livre est sorti du tout, plein de choses cruelles, tristes, mais vraies et vues. La vie n'est ni gaie ni bien propre, quand on peut serrer la vérité d'un peu près ; tant pis pour l'observateur.

Votre dévoué confrère.

***

LETTRE DE L'AUTEUR

Vous excuserez l'état de vénérable vétusté dans lequel se trouvent quelques-uns des volumes que je vous envoie en vous priant de les accepter. A un autre, je ne les donnerais pas, mais à un amateur d'antiquités, c'est tout différent : si encore ces bouquins possédaient une valeur littéraire ! Enfin, comme on dit vulgairement, le cœur y est, et je n'ai qu'un désir, vous être agréable pour reconnaître toutes vos amabilités. Présentez mes hommages respectueux à Madame Paul Eudel et croyez-moi votre bien dévoué.

Gustave Toudouze. — Le Père Froisset, mœurs modernes. — 4e édition. — Paris. Victor Havard. 1884. In-12 relié plein. Bradel avec fer spécial.

A mon cher ami et confrère, son tout dévoué.

Comme tous mes romans, le *père Froisset* est composé d'éléments absolument vrais et existants. D'abord, il se nommait *Le Maître d'armes* et il a paru sous ce titre en feuilleton dans le journal *Le XIXe Siècle*, après seulement je me suis souvenu qu'il existait un roman de Dumas père, sans nulle analogie avec le mien, mais portant ce même titre; j'allai trouver Alexandre Dumas fils pour le prévenir que j'étais tout disposé à reconnaître mon irrévérence envers son père et à modifier le titre de mon feuilleton. Il m'accueillit avec sa bonté habituelle, c'est-à-dire très affectueusement comme toujours depuis plus de douze ans que je le connais, en me disant : « Mon cher enfant, conservez votre titre « envers et contre tous. Du moment que je ne dirai rien, « personne n'aura le droit de vous chercher noise. Si par « hasard, l'éditeur des œuvres de mon père n'était pas content, « laissez-le crier, je me charge de le faire taire. » Malgré ces bonnes paroles et cette large autorisation, j'ai changé mon titre, non pas à cause de celui de Dumas père, mais parce que mon éditeur a préféré *Le père Froisset.*

Cet excellent *père Froisset* porte en réel sous le grillage du masque et sous le plastron le nom de Fosse, c'est mon professeur d'escrime, un vieux brave que a servi dans la Garde Impériale et même sous Louis-Philippe, un rude poignet et une fameuse lame.

Le pauvre garçon que je lui donne comme fils dans mon

roman était, en réalité, le fils aîné d'un médecin de ma famille. Blessé à l'attaque du mur crénelé de Buzenval, sa première sortie comme Garde National, il est mort des suites de l'amputation faite par le docteur Nélaton. — Tandis qu'il était ainsi frappé, à 7 heures du matin, le 19 janvier 1871, son frère, sergent-fourrier dans la même compagnie, plantait le premier sa baïonette dans l une des meurtrières de ce mur qu'on allait enlever aux Prussiens. Tous deux étaient des amis d'enfance à moi. La recherche faite par la mère et la sœur du blessé, d'ambulance en ambulance, s'est passée comme je le raconte. Aujourd'hui la mère vit encore, mais la jeune fille est morte des suites d'une maladie nerveuse gagnée cette nuit-là ; le frère vit également.

Le pijumériste amateur de roses avait loué à Fontenay-aux-Roses, à mon frère, l'atelier dont je fais ici mention, et mon frère y a peint son tableau intitulé : « Un divertissement champêtre au XVIe siècle ».

Si, par hasard, visitant mon appartement de la rue de Mozart, vous vous étonniez d'en avoir trouvé la minutieuse description fort enjolivée quelque part, ne vous étonnez plus. J'ai dessiné sur place d'après nature. Dame, quand on est d'une famille de peintres, noblesse oblige !

Quelques détails intimes de ménage vous révéleront l'heureux papa que je suis. Il faut avoir passé par là pour pouvoir en parler aussi exactement, n'est-il pas vrai ?

Je vous avouerai que toute ma manière de travailler est renfermée là-dedans : je regarde les choses autour de moi et je les reproduis aussi exactement que possible, en évitant les choses trop laides, en ne fuyant pas les trop belles, mais en essayant par dessus tout de rester simple et de faire vrai comme je sens et comme je vois.

J'ai connu beaucoup le malheureux mari dont la femme est morte dans les circonstances douloureuses que je conte : cette mort atroce a eu lieu ainsi rapportée de l'hôpital, mais les suites en ont été plus terribles encore, car l'infortuné, littéralement poignardé par le remords, est mort l'année dernière, après plusieurs années de souffrances à la fois morales et physiques.

Ceci s'adresse aux critiques qui m'accuseraient de faire trop sombre et de voir la vie trop en noir ; elle est plus noire, plus lugubre encore, si l'on voulait la serrer de très près.

L'Hindou n'est pas un personnage inventé à plaisir. Il a existé à Paris, il travaillait pour les marchands de bibelots et il est mort lamentablement dans sa mansarde.

Je n'ai eu qu'à le prendre délicatement comme un objet de haute curiosité et à le faire marcher au milieu de mes autres héros.

J'ai eu pour bonne l'Alsacienne qui disait *Chorches* à mon fils Georges, et la brave tante Sophie vit encore, toute poudreuse, toute confite, en vétusté, veuve d'un membre de l'Académie des Beaux-Arts, dont les tableaux sont l'idéal du genre classique, terne et ennuyeux.

Mon peintre se compose de trois ou quatre peintres que j'ai pu prendre au hasard dans la foule de ceux que je vois tous les jours.

Vous voyez à quel point je désire rester dans le vrai, n'arrangeant que mon action de manière à la mener à aussi bonne fin que possible, mais n'employant que des éléments absolument vrais et possibles.

C'est une bien longue confession, mon cher Eudel, mais elle est nécessaire pour établir la ligne de démarcation entre les peintres d'après nature et les peintres de chic. Le peintre de chic peut être très heureux, fort amusant et nous faire manœuvrer sous les yeux de jolis et séduisants personnages.. jamais il n'atteindra la force de persuasion et de pénétration du peintre d'après nature, qui ne fait rien sans la nature. A mon sens, c'est là qu'il faut viser, quand, en plus d'un romancier, on veut être autant que possible un reproducteur des mœurs de son temps. On s'amuse un moment des papillotages dus à l'esprit, aux complications d'aventures, à toutes les fusées d'artifices, et employés avec talent par beaucoup d'écrivains, mais on ne se fait vraiment prendre que par celui qui parle au cœur, par celui qui vous empoigne à l'aide de choses vraies et vécues. Il faut arracher au lecteur le cri : « Ah ! comme c'est bien ça ! »

C'est à cela que je vise avant tout, et peut-être y arriverai-je un jour à force de travailler dans ce sens avec un but pareil devant les yeux.

Votre ami bien affectueux.

Gustave Toudouze. — TOINON, mœurs parisiennes. — Paris. Victor Havard, éditeur. 1885.

A mon excellent ami, à mon bien cher confrère, son tout dévoué et affectionné.

Comme tous mes livres, mon roman de *Toinon* est une œuvre essentiellement prise sur le vif. Les peintres modernes ont une tendance marquée à faire ce qu'ils nomment *le plein air*. C'est un peu mon but, bien que je sois absolument ennemi des us et des procédés, ces corsets métalliques où l'on étouffe les vrais essors. Je veux placer dans l'atmosphère que nous respirons par tous les pores, des personnages pris autour de moi, en tâchant ainsi de leur donner le plus de vie possible, de leur insuffler le mouvement et la respiration. Que cela soit baptisé réalisme, impressionnisme, naturalisme, peu m'importe : je désire surtout que cela soit vrai et vivant. Mes renseignements sont puisés aux sources de la nature et, grâce à cette conscience, j'espère avoir fait de ma *Toinon* une vraie femme, non pas une poupée. Voilà un fameux orgueil et une énorme prétention, mais il faut cela pour se soutenir envers et contre tous. J'aime mieux me tromper en fouillant consciencieusement cette voie et en mettant l'art et la littérature avant tout, que de tromper les autres à l'aide de bulles de savon que je saurais creuses ou d'œufs à la neige qui chatouillent le palais sans apaiser la faim.

En foi de quoi je signe. Votre ami.

Gustave Toudouze. — MADAME, mœurs parisiennes. — Paris. Victor Havard, éditeur. 1885.

A mon ami et bien cher confrère, souvenir de vive et reconnaissante affection.

Puisse ce nouveau volume vous intéresser ! Il traite d'une question fort palpitante, celle de l'écrasement de l'homme par la femme, et bien que nul sujet ne soit neuf sous le soleil, je pense avoir envisagé la question à un point de vue nouveau. Ce que j'ai voulu peindre, ce sont les femmes qui sont parvenues, soit par leur beauté, soit par leur énergie, soit par leur talent, soit par des qualités ou même par des vices à effacer totalement le nom et l'individualité de leur mari, de telle sorte que tout l'honneur et toute la popularité soient pour elles.

On parlera peut-être, à propos de ce roman *Madame*, de portraits, on cherchera la clef. Je n'ai certainement pas eu l'intention de spéculer sur le scandale et pourtant j'ai dû étudier sur le vif, à l'emporte-peau. Tant pis si on appelle ma reine des Baléares Isabelle II, je n'y contredirai qu'à demi, car elle m'a beaucoup servi. De même pour les actrices, les, bas bleus, les grandes dames, les couturières même qui m'ont servi. J'ai pris mon bien autour de moi, autour de nous, sans intention de faire des portraits, ce qui eût rapetissé mon cadre et mon but, mais avec le désir de faire vrai, de faire exact : par conséquent, je me suis permis de prendre quelques traits à l'un, quelques traits à l'autre, pour construire mes bons hommes et mes bonnes femmes. Honni soit qui mal y pense ! ma seule préoccupation, c'est de faire de l'art, de la littérature, et je vous dis tout cela, mon ami, parce que vous le savez bien et que vous me comprenez.

Bien à vous, de cœur et de lettres.

Gustave Toudouze. — LE MÉNAGE BOLSEC. — Paris. Victor-Havard. 1886.

Vous savez, mon bien cher Eudel, comment je travaille. La genèse de chacune de mes œuvres est toujours la même : prendre dans leur mouvement de vie des personnages réels, ne leur mettre dans la bouche que des phrases en rapport avec leur être moral et physique, étudier mes bonshommes dans leur chair, dans leurs actes et dans leur cerveau, et essayer de rendre dans mes livres cette vérité.

Vous retrouverez ici des choses que vous connaissez, vous les connaissez par excellence, des choses d'art, des individus qui remuent autour de nous, et, mieux que tout autre, vous saurez dire si je les ai compris comme il le faut !

A vous de tout cœur.

A mon excellent ami et bien cher.

Gustave Toudouze. — FLEUR D'ORANGER. —

Paris. Victor Havard, éditeur. 1887. Edition originale. 1 vol. in-12 relié pleine toile. Bradel avec fer spécial.

Pour vos étrennes de 1887, je vous apporte cette *Fleur d'oranger*, la plus fragile, la plus dangereuse des fleurs, car c'est la fleur humaine, la fleur charnelle par excellence, elle grise, charme, rend heureux et rend fort. J'ai essayé de l'analyser pour savoir un peu de ce qu'elle cachait tout au fond ; on m'accusera de l'avoir dépoétisée, tant pis ! L'important est que cette étude ait pu l'éclairer d'un jour neuf. J'y ai mis tous mes soins pour les lettres, pour mes amis, pour vous.

Votre tout dévoué.

A l'excellent ami, son confrère bien affectueux.

Gustave Toudouze. — Le Pompon vert. — Victor Havard, éditeur. Paris. 1887. In-12.

Quelques mots à mon ami.

Des vers de Baudelaire bourdonnent autour de moi, tandis que je feuillette les pages de ce livre où j'ai mis un peu de mon passé, de ce livre que j'ai appelé le *Livre du Souvenir*, et j'entends leur écho gronder :

« Il est amer et doux, pendant les nuits d'hiver,
« D'écouter, près du feu qui palpite et qui fume,
« Les souvenirs lointains lentement s'élever
« Au bruit des carillons qui chantent dans la brume. »

Tout le passé se réveille, s'anime, et des silhouettes courent devant mes yeux : c'est lui, notre *Pompon vert* que j'aperçois avec sa jolie couleur fraîche de feuille naissante, si pimpant sur nos képis à bande rouge. Où ne l'a-t-on pas vu, du Camp de Châlons à Buzenval, sous le soleil, sous la pluie, sous la neige, sous les balles, sous les obus ? Que de gaieté il rappelle, que de tristesses aussi ! *Amer et doux*, le poète a raison.

J'ai eu une joie très douce, un véritable attendrissement à cueillir, les unes après les autres, sur le vieux carnet fidèle où je les avais tracées au jour le jour, les notes qui m'ont, servi à reconstituer l'histoire du *Pompon vert ;* il m'a semblé composer un bouquet précieux de fleurs non pas fanées, mais endormies. Je revivais les jours passés, les jours de détresse et les jours d'insouciance, vraies journées de jeunesse où le cœur était chaud, le corps souple et l'espoir toujours vivace, toujours vert.

Je n'ai pas eu grand effort à faire pour édifier ce volume ; je n'avais qu'à me souvenir, qu'à recopier les lignes tracées au crayon sous la tente, à Châlons, sous le gourbi du plateau d'Avron, dans la tranchée et jusque dans le bois, ces frissonnants bois de Garches, où les hussards de la Mort furent si bien accueillis par les balles de notre compagnie, en septembre 1870. Parfois encore, les figures de mes camarades moblots me hantent, et je me demande ce qu'ils sont devenus, ce qu'ils font, s'ils pensent eux aussi à notre cher *Pompon vert*, s'ils ont conservé comme moi le culte du souvenir, de l'inoubliable passé *Amer et doux*, oh ! oui, bien amer, ce voyage au milieu du deuil des champ de bataille, au milieu des dévastations, des blessés et des morts, bien amer ce réveil des souffrances morales et physiques ! mais bien doux aussi ce profond et passionné amour de la patrie, bien doux de constater la gaieté persistante, la bonne humeur, la gouaillerie crâne du petit Parisien en face des tortures de la faim, du froid, en face même de l'angoisse atroce de la défaite. Le *Pompon vert* était là, clouant au cœur de chacun l'espoir quand même, relevant les cœurs, relevant les âmes, et nul de nous ne pourra désespérer tant qu'il sentira frémir sur son front la vivace feuille verte, le symbole des avenirs meilleurs et de la foi tenace.

Voilà ce que j'ai retrouvé en parcourant de nouveau ces feuillets : illustrés par un artiste de talent qui m'a rendu un instant les émotions d'autrefois et qui a raffermi en moi l'Espérance ; je ne saurais trop remercier M. A. Bligny d'avoir si bien peint les petits moblots dont j'ai parlé dans ce live et dont j'étais.

Gustave Toudouze. — Le Pompon Vert. — Paris. Victor Havard, éditeur. 1887. Edition originale. Un vol. in-12, cartonnage plein Bradel avec fer spécial.

Au confrère et ami, souvenir de sincère affection.

Le Pompon vert était le signe distinctif de notre bataillon de moblots, le 6e du VIe arrondissement; c'est pourquoi j'intitule ainsi ce volume où j'ai rassemblé, après seize ans, les vieux souvenirs de la guerre. J'ai fouillé le carnet de notes que je portais sur moi durant les six mois de campagne, de juillet 1870 à février 1871. Tout cela est loin et me semble près. Mes notes, je les prenais au crayon, sous la tente, au creux de la tranchée pleine de neige, sous le vent ronflant des obus, à l'abri du feuillage mort de nos gourbis construits en branchages, un peu partout, à tout moment, à midi ou à minuit. C'est là leur seul mérite, ce sont des impressions prises sur le vif, et telles je les ressentais, telles je les retrouve aujourd'hui.

Voilà, mon ami, ce que c'est que le *Pompon vert*. Cordialités et amitiés.

Gustave Toudouze. — LE TRAIN JAUNE. — Paris, Victor Havard, éditeur, 1888.

Encore un petit volume, mon cher ami, à joindre à mes œuvres complètes, et puisse-t-il vous intéresser ! Il est, comme les précédents, pris *de visu* sur la bonne bête humaine que j'écorche de la belle façon, sans considération d'âge ni de sexe. Dame ! quand on veut faire vrai, il ne faut pas trop y regarder, ni s'attendrir sur les gens, n'est-ce pas ? On prétendra peut-être retrouver ici des portraits, ce n'est ni mon genre, ni mon désir, qu'on y trouve tout bonnement des créatures humaines bien constituées et vraiment vivantes. Voilà ce que je voudrais surtout. Un rude train que ce *Train jaune* ! Aussi, ai-je voulu mettre en titre de cette étude sur l'adultère ce mot qui sonne railleur au-dessus d'une chose triste : nous admettons tout, même la tristesse, à condition que ce soit relevé par une pointe de gaieté gouailleuse. En avant *Le Train jaune* et que cet exemplaire s'arrête en gare dans un coin de la bibliothèque de mon ami, comme un affectueux souvenir de son confrère.

Gustave Toudouze. — LA TÊTE-NOIRE. — Paris. Victor Havard, éditeur. 1888.

A mon cher ami, souvenir de sincère affection.

Trois nouvelles, voilà ce que vous allez trouver sous cette *Tête-Noire*, comme des gourmets. Que vous dirai-je de ces nouvelles ? La première est composée d'un peu de vérité, de quelque souvenirs de friture à Joinville-le-Pont et d'une rêverie orientale. La seconde, *La Chouette*, m'a été inspirée à Laval, lors de mes 13 jours de Territoriale, et la troisième, l'*Icone*, est une étude byzantine, parue avant la *Théodora* de Sardou, avec laquelle elle n'a d'ailleurs aucun rapport ; je ne l'accuserai donc pas de plagiat.

Un point, c'est tout. Et voilà, mon cher ami.

Gustave Toudouze. — LA FLEUR BLEUE. — Paris. Victor Havard, éditeur. 1889.

Ce livre, *La Fleur Bleue*, m'a servi à fixer quelques souvenirs et à soutenir quelques idées philosophiques, que contient-il de mieux les souvenirs ou les idées ?... Souvenirs ! Quelques bribes de l'enfance, quelques taches de sang de la Commune, quelques éveils de sentiments et de sensations, du cœur et de la chair ! — J'ai pris gros plaisir à l'écrire, avec un peu de cette souffrance aiguë d'artiste qui est notre manière de jouir, à nous autres, écrivains, observateurs de la curieuse bête humaine; j'ai écorché les autres pour savoir ce qui se passe là-dessous, mais, en revanche, comme je me suis dépioté moi-même ! C'est comme dans un accouchement, quand on met un livre au monde il y a du sang, de la sauce, un tas de choses sales et rebutantes, mais aussi l'ivresse d'avoir donné le jour à quelque chose, et quelle satisfaction, cher ami, si ce fœtus jette le cri de vie qui va droit au cœur maternel du père !

Ce cri est-il sorti de ma *Fleur Bleue* ? A vous et aux autres de le dire, à moi de l'espérer.

Bien à vous, ami Paul Eudel.

Votre ami...

Gustave Toudouze. — Péri en Mer. — Paris, Victor Havard, éditeur, 1890.

Préface a Paul Eudel.

C'était, mon cher Eudel, en juillet 1886, cherchant sur la carte quels pouvaient bien être les points les plus éloignés de Paris, ceux surtout où la solitude devait être presque absolue, j'avisai au-delà du goulet de Brest, ce nom Camaret, je pensai que là-bas, là-bas, le Parisien ne pouvait aborder.

En effet, ce n'est pas un pays, c'est un rêve : c'est à deux pas de Brest et les Brestois le connaissent à peine, tellement on y va difficilement ; d'abord, une heure de traversée en bateau à vapeur, toute la rade de Brest au Fret, puis une autre heure en carriole du Fret à Camaret. Peu de Parisiens osent affronter de pareils moyens de locomotion, surtout pour aboutir à une presqu'île, plongeant ses extrémités en plein Océan, en face de l'Amérique ! Aussi, c'est exquis. Personne !!! de l'air, du sable, des galets, des roches fantastiques et des vagues splendides auxquelles on doit de continuels naufrages ! On vit là comme sur un écueil loin de tout, au milieu d'une population de braves gens qui auraient inventé le courage et le désintéressement, et qu'en tout cas, les ont précieusement recueillis, car on ne les trouve plus guère ailleurs, surtout réunis.

Voilà quatre années de suite que je passe là mes vacances et que j'entasse notes sur notes ; ce livre en est sorti, vrai d'un bout à l'autre, bourré de portraits, de paysages et de faits que j'espère avoir faits ressemblants. Si cela peut faire du bien à ces braves Camaretois et à ce pittoresque Camaret, je serai plus que récompensé de ma peine, qui a été, du reste, un plaisir.

Ceci est une préface pour vous, mon ami, et écrite de grand cœur à votre intention.

A mon cher ami, comme confrère et comme Breton. Souvenir dévoué.

Un parisien adorateur de la Bretagne.

Gustave Toudouze. — Livre de bord. — Paris, Victor Havard, éditeur, 1891.

Paris, ce 21 octobre 1890.

Du coin de mon feu, 39, rue de Moscou.

J'adresse ce roman, *Livre de bord*, tout nouvellement né, à mon excellent ami, confrère et collègue Paul Eudel, à seule fin de lui démontrer ce que peut produire l'atavisme dans un être humain appartenant à ce que l'on appelle « Les classes dirigeantes ».

Il y trouvera en plus d'une étude à fond de l'esprit de destructivité, une étude de l'amour paternel poussé jusqu'à la jalousie, le tout accompagné, documenté, fortifié et enjolivé de quantité de souvenirs personnels, de faits récoltés çà et là, *in animâ vili*, et collectionnés précieusement en mes cahiers de notes. En foi de quoi j'ai signé. Certifié conforme.

A Paul Eudel, en souvenir d'affection sincère.

Son ami.

Gustave Toudouze — LE VERTIGE DE L'INCONNU. — Paris. Victor Havard, éditeur. 1892.

A mon ami, son affectueux confrère.

C'est au cours d'un voyage dans les Côtes-du-Nord que je me suis procuré quelques-uns des principaux matériaux et que j'ai ramassé quelques-unes des songeries qui m'ont servi à documenter la plus importante partie de ce roman, *Le Vertige de l'Inconnu*. Des amis, chez lesquels je me trouvais en villégiature, ont eu la bonne idée de me conduire à Tonguédec, et là, sur une hauteur dominant le cours du Légnez, à côté d'un de ces étangs bretons, aux eaux mortes qui rappellent le miroir d'étain des sorcières, j'ai vu les plus merveilleuses ruines de château féodal que je connaisse avec oubliettes, tours, remparts et aussi avec légendes. Il n'en fallait pas tant pour fixer à jamais dans mon cerveau une de ces obsessions qui ne peuvent cesser que sous forme de roman. C'est fait et j'ai profité de ce cadre merveilleux, de ces légendes, de cette atmosphère-fée, de la vieille Bretagne pour étudier passionnément cette crise mystique qui s'abat en ce moment sur nous littérairement, artistiquement, et peut-être aussi socialement.

A vous bien cordialement.

Gustave Toudouze. — MA DOUCE. — Paris, Victor Havard, éditeur, 1892. Edition originale. 1 vol. in-12, relié Bradel avec fer spécial.

A mon ami, affectueusement.

C'est un médecin de Douarnenez, mon cher Eudel, qui m'a conté comme lui étant arrivée la fantasmagorique histoire de naufrageur que vous trouverez dans ce petit volume. Grâce à la brume, grâce aux lanternes de son cabriolet courant de nuit par les landes, entre Andierne et la Pointe du Raz, il a causé ! la perte d'un paquebot dans le Raz du Sein ; c'est invraisemblable et vrai, cruellement vrai, cependant, car ce naufrage l'a obligé à quitter Andierne où on le traitait de *Naufrageur* pour venir à Douarnenez. Les autres épisodes de mon roman ont tous également des origines réelles, mes personnages existent, tellement que je donne même tout vifs leurs vrais noms. C'est donc presque de l'histoire que cette histoire d'amour, l'histoire de braves gens d'un brave pays que j'aime et que j'admire et qui est la plus extrême pointe du Finistère, une pointe de porphyre, la presqu'île de Crozon entre des pointes de granit, la pointe du Raz et la pointe Saint-Mathieu-fin-de-Terrre. C'est l'antithèse de ces rocs sauvages, de cette mer furieuse, de ces côtes semées d'épaves et de l'amour poussant en fleur, vivace, indestructible sur les tombes que j'ai voulu peindre dans *Ma Douce*.

A vous, ami.

Gustave Toudouze. — TENDRESSE DE MÈRE. — Paris, Victor Havard, éditeur, 1893.

C'est en décembre 1869, je rencontre un de mes amis, enseigne de vaisseau, tout pâle, tout ému ; il me raconte qu'il vient de passer une nuit effroyable, la nuit la plus horrible. Il habite rue des Feuillantines, tout là-bas, et juste en face de ses fenêtres se trouve la demeure de son camarade le lieutenant de vaisseau Mage.

Le 18 décembre 1869, *La Gorgone*, bâtiment de l'Etat, s'est perdue corps et biens sur les *Pierres Noires*, non loin d'Ouessant, avec le lieutenant Mage et 80 hommes d'équipage.

La nouvelle en est arrivée la veille à Paris, et toute la nuit, seule lumière dans la nuit de cette déserte rue des Feuillantines, une lampe solitaire a brillé comme un phare sinistre à la fenêtre de la veuve, toute la nuit sa plainte, désespérée, a traversé le grand silence nocturne avec une affreuse continuité. Mon ami en a encore le cœur tout bouleversé et il me communique son émotion avec une telle puissance que jamais plus je n'ai pu l'oublier et que le souvenir ne m'en a plus quitté. Aujourd'hui, cet ami est mort, les années ont passé, mais la lampe solitaire, la plainte de la veuve me poursuivent encore et j'ai essayé de les fixer dans cette œuvre, les liant à d'autres scènes, à d'autres souvenirs pour les mieux présenter au public. *Tendresse de Mère* est née de ces divers éléments. Telle est la genèse du livre que je vous adresse aujourd'hui, mon cher Paul Eudel, en témoignage de cordiale amitié.

Affectueusement à vous.

Gustave Toudouze. — Un Apôtre. — Paris, Victor Havard, éditeur, 1894.

A mon ami.

Voici, mon cher Eudel, le troisième roman que j'écris sur Camaret, sur cette terre de Bretagne, dont je suis hanté jusqu'au fond de l'âme, c'est la dernière partie d'une sorte de Trilogie dont chaque volume a son histoire séparée mais dont les trois volumes forment un tout, essayant de rendre l'âme bretonne. Dans *Péri en Mer !* en effet, je peignais l'héroïsme des sauveteurs, le grand courage simple de ces pêcheurs qui vont au danger, à la mort, comme on va au plaisir, à une fête.

Dans *Ma Douce*, c'était l'idylle que je voulais conter, les amours naïves et rudes de ces humbles, de ces grands enfants héroïques et doux, rudes et tendres. Dans *Un Apôtre* j'essaie de montrer le fond de leur être intime, le mélange de superstition et de foi qui les caractérise, les montrant aussi fervents chrétiens que superstitieux, entêtés. Ce dernier roman s'appelait d'abord, quand il parut dans l'*Illustration* *Le Rebouton*, à cause de cette figure de sorcier qui dominait le récit, mais j'ai pensé que la couleur locale trop artistique de ce titre ne serait pas bien comprise du public et j'ai mis *Un Apôtre* pour le volume un peu aussi parce que c'est ce dernier qui finit par l'emporter dans cette lutte entre le prêtre et le Rebouton.

A vous Breton, j'envoie avec plaisir cette apologie sincère de la Bretagne et des Bretons.

Bien cordialement, votre ami.

Gustave Toudouze — L'ORGUEIL DU NOM. — Victor Havard, éditeur. Paris. 1895. In-12.

Voici, un peu en retard, un volume qui vous attendait depuis le mois de juin 1895 et qui vous arrive seulement en décembre 1896 ; il vous apportera une histoire vraie dans toutes ses parties, sinon dans sa contexture générale ; j'ai pris ici et là ses matériaux vivants, douloureux et saignants, j'en ai pris tout près de moi, parmi mes proches, j'ai été en chercher plus loin, — mais du tout j'ai essayé de composer un seul bloc et d'en faire jaillir, avec l'intérêt, un peu de l'étincelle de vie que je voudrais comme Pygmalion insuffler à chacune de mes œuvres. Vous y trouverez aussi le portrait d'un sculpteur que j'admire et qui est un des plus troublants Pygmalions que je connaisse ; vous l'admirez aussi, je le sais, car vous êtes un de ces fervents admirateurs de belles choses à qui on a plaisir à adresser une œuvre, avec la crainte d'être toujours au-dessous de ce qu'on voudrait vous donner.

Puisse ce roman d'art et de sincérité vous plaire, et c'est pourquoi je vous adresse « L'Orgueil du Nom » en toute amitié.

Octave Uzanne. — LES ZIGZAGS D'UN CURIEUX. — Maison Quantin. Paris. 1888. In-12.

Souvenir très amical de son préfacier à l'*Hôtel Drouot*, VIIe Année.

De curieux à curieux, ces sympathiques zigzags.

Octave Uzanne. — LE PAROISSIEN DU CÉLIBA-

TAIRE. — Imprimeries réunies. Paris. 1890. In-8 sur japon.

Avec mon admiration pour cette reliure, je félicite la Bibliothèque et complimente le propriétaire inconnu.

Antony Valabrègue. — PETITS POÈMES PARISIENS. — Alphonse Lemerre, éditeur. Paris. 1880. In-12.

A mon cher confrère, très cordialement.

René Valette. — LE PEINTRE LANSYER. — Fontenay-le-Comte. 1891. Brochure.

Hommage respectueux.

O. de Vals. — SEPTIÈME CIEL, dit par Galipaux. — Barbré, éditeur. Paris. 1882. Brochure.

J'ai été transporté au *Septième Ciel*, mon cher Eudel, quand je vous ai connu. F. G.

E. Vallon. — APPARTEMENT A LOUER. — Etienne Sausset, libraire. Paris. 1882. Brochure.

Je souhaite à mon ennemi : un concierge, un cocher de fiacre et une ouvreuse de théâtre. FÉLIX GALIPAUX.

Edgard Valin. — LES MONTAGNES DU TYROL. — Extrait de l'*Annuaire du Club Alpin Français*. 16 vol. 1889. Brochure.

Souvenir empressé.

Dr. A. Viaud-Grand-Marais. — ETUDES MÉDICALES SUR LES SERPENTS. — Imprimerie L. Toinon et Cie, Saint-Germain. 1869. In-8.

A mon excellent ami, souvenir affectueux.

Vigeant. — L'ALMANACH DE L'ESCRIME. — Quantin, éditeur. Paris. 1889. In-8.

Cordial souvenir.

Vigeant. — MA COLLECTION D'ESCRIME. — Ancienne Maison Quantin. Paris. 1892. In-12.

A Paul Eudel qui, le premier, a parlé de cette collection. Cordialement.

Pierre Vrignault. — ON EN A MIS PARTOUT. — Imprimerie Chaix. Paris. 1894. Brochure.

Hommage de sincère et respectueux dévouement.

Baron de Wismes. — UN PORTRAIT DE MOLIÈRE EN BRETAGNE. — Forest et Grimaud, imprimeurs. Nantes. In-8.

Souvenir affectueux.

Léon Xanrof. — CHANSONS A MADAME. — Georges Ondet, éditeur. Paris. 1891. In-4.

A Madame Eudel.
Très respectueux hommage.

FLEURS D'HIVER

Voici l'été, voici les fleurs,
Les fleurs vous vont très bien, ma chère ;
D'ailleurs, n'êtes-vous pas des leurs ?
— Ça, c'est un compliment, j'espère.

Mais les fleurs d'été n'ont qu'un temps.
Notre amour sera-t-il de même ?
Saurons-nous fixer le Printemps
Qui s'éternise quand on aime ?

S'il en est ainsi, vous aurez
Pendant l'hiver aussi, ma vie,
Des fleurs que vous effeuillerez
Dans une émotion ravie ;

Car, sous le ciel de vos beaux yeux,
Dont l'amour chasse les nuages,
Les madrigaux capricieux
Eclosent, fleurs très peu sauvages.

Vous les sèmerez d'un baiser
Dans mon esprit, très docile ;
Un regard les fera pousser —
La méthode est simple et facile ?

Et, fleurs exquises des hivers,
— Parce que les fleurs vous enchantent, —
Mon amour vous fera des vers :
Les vers, ce sont des fleurs qui chantent !

Emile Zola. — POT-BOUILLE. — G. Charpentier, éditeur. Paris. 1882. In-12 sur hollande.

Son dévoué confrère.

Emile Zola. — AU BONHEUR DES DAMES. — G. Charpentier, éditeur. Paris. 1883. In-12 sur hollande.

Son dévoué confrère.

Emile Zola. — CONTES A NINON. — G. Charpentier, éditeur. Paris. 1883. In-18.

Son dévoué confrère.

Emile Zola. — LA JOIE DE VIVRE. — G. Charpentier et Cie, éditeurs. Paris. 1884. In-12.

Son dévoué confrère.

Emile Zola. — GERMINAL. — Charpentier, éditeur. Paris. 1885. In-12 sur hollande. Illustrations de P. Comba.

Hommage du dessinateur. COMBA.

Mon cher confrère,

Vous êtes mille fois aimable de m'avoir communiqué votre bel exemplaire de *Germinal*, et j'en ai feuilleté les illustrations avec intérêt. Si je l'ai gardé si longtemps, c'est que je désirais le montrer à quelques amis que j'attendais hier.

Merci, et bien cordialement à vous. ZOLA.

Emile Zola. — GERMINAL. — Charpentier, éditeur. Paris. 1885. In-12. Sur japon.

Son dévoué confrère.

Emile Zola. — L'ŒUVRE. — G. Charpentier, éditeur. Paris. 1886. In-12 sur japon.

Son dévoué confrère.

Emile Zola. — LA TERRE. — G. Charpentier et Cie, éditeurs. Paris. 1887. In-12.

Son dévoué confrère.

Emile Zola. — L'ARGENT. — G. Charpentier et Cie, éditeurs. 1891. Paris. In-12.

Remerciement de son dévoué confrère.

FIN

ISSOUDUN. — IMPRIMERIE LOUIS SERY

www.ingramcontent.com/pod-product-compliance
Ingram Content Group UK Ltd.
Pitfield, Milton Keynes, MK11 3LW, UK
UKHW020156200726
13856UKWH00003B/1032

9 782013 543644